갈 데까지 가보는 것

갈 데까지 가보는 것

ⓒ박세현, 2021

1판 1쇄 인쇄__2021년 11월 05일
1판 1쇄 발행__2021년 11월 10일

지은이__박세현
펴낸이__양정섭

펴낸곳__경진출판
　　　　등록__제2010-000004호
　　　　사업장주소__서울특별시 금천구 시흥대로 57길 17(시흥동) 영광빌딩 203호
　　　　전화__070-7550-7776　팩스__02-806-7282
　　　　홈페이지__http://https://mykyungjin.tistory.com
　　　　이메일__mykyungjin@daum.net

값 18,000원
ISBN 978-89-5996-832-9 03810

박세현 시집

갈 데까지 가보는 것

1. 박세현의 13번째 공식 시집이다.

　시집이 두꺼우면 읽지 않는다지만 두꺼운 채로 가기로 했다.

2. 시 수록은 쓰여진 순서이고 다른 기준은 개입되지 않았다.

3. 시를 여섯 묶음으로 나누고 손잡이용 소제목을 달았는데

　별다른 뜻은 없다.

4. 착상이나 시구가 비슷비슷한 시들이 있으나 그대로 두었다.

　거슬리더라도 못 본 듯이 넘어가주면 고맙겠다.

5. 시는 삶에 대한 응답이어야 하는가? NO

차례

편두통에 좋은 시

자네 여기 웬 일인가?

4월 어떤 하루

나도 모르게 끝나는 일

민들레 요양원

갈 데까지 가보는 것

작가 인터뷰

쓰는 척 하면서 쓴다

이 대담은 상계역 부근에 있는 주점 '주이상스'에서 이루어졌고, 질문자
는 이심정 시인이다. 형식은 없고, 두 시인이 편하게 속을 튼 대화록이다.
질문과 대답은 각각 기호(▷◀)로 구분하였다.

언어는 사물에 붙어 있는 초라한 흔적

▷잘 지내시지요?

◀그럭저럭이지요.

▷코로나19 백신은 맞으셨는나요?

◀안 맞았습니다.

▷왜요?

◀내 마음이지요.

▷주 거주지는 중계동이잖아요?

◀그런 셈이지요. 강릉에 가 있기도 합니다. 오라는 데도 없고

갈 데도 없습디다. 우한 폐렴이 나 같은 사람을 꽤 자연스럽게 정당화 시켜줍디다.

▷강릉 생활은 좋으셨나요?

◀좋은 것도 있고 안 좋은 것도 있습디다. 그 평균만 살다 오지요. 해변에 나가 커피 마시며 빈둥거리는 게 일과입니다. 먹는 일이 자존심을 건드리더군요. 누군가가 차려 준 밥을 먹고 살았다는 사실이 너무 미안했습니다. 이 자리를 빌어서 감사하고 싶습니다. 식사 대사가 몸을 파고듭디다. 지 밥은 지가 해 먹자. 안 되면 굶자.

▷과하십니다. 선생님이 그런 면이 좀 있지요. 그러니 주변에 사람도 없고요.

◀정색하는 표정이 싫습디다. 그건 직면한 현실에 속고 있다는 표정 같아서요.

▷엉뚱한 말로 현실을 덮으려는 태도도 속는 형태의 다른 형식이 아닐까요?

◀이심정 시인이 오늘은 업그레이드 된 인공지능 같군요.

▷제가요?

◀네.

▷시집을 내시는 소회에 대해 언급해주시지요.

◀시들을 정리하면서 (정리라는 말이 걸리지만) 이제 나는 길을 잃어버렸음을 확인했습니다. 이 문장이 있는 그대로의 심사입니다. 우울한 얘기지만 그냥 할게요. 이제 시집 같은 건 내지 않아

도 되겠구나 그랬습니다. 그냥 내는 거지요. 때가 되었으니 위장을 채우려고 무엇을 먹는 습관과 다르지 않다는 생각이 왔습니다. 그것도 강력하게. 그러면서도 시집 인쇄를 포기하지 못하는 것이 정확한 나의 한계지요. 영리하거나 벌어놓은 문학적 자산이 있었다면 당장 그만두었을 겁니다. 나 같은 경우는 그날 벌어 그날 먹는 길거리 행상과 같습니다. 늘 하던 습관적 동작을 단번에 멈추지 못해 헛손질을 하는 정도라고 보시면 됩니다. 이심정 시인과 많이 토론한 얘기잖아요.

▷선생님과 저는 지금 공적인 대화를 나누고 있습니다만 저도 영 어색해요. 서로 말을 놓다가 다른 시선을 의식해서 말을 높이는 기분이거든요. 선생님은 지금 꽤나 신중한 문체를 선택하고 계시는 겁니다.

◀공식적인 자리니까요.

▷반은 농담인데요 어쩌면 이 대화를 다시 해야 할지도 모르겠어요.

◀왜요?

▷선생님이 솔직하지 않고 위선적으로 말씀하신다면 그럴 수도 있다는 말입니다.

◀난 솔직히 솔직이 뭔지 모릅니다. 그러니까 위선에 대해서도 잘 정의가 되지 않는 거지요.

▷선생님이 지금 솔직하게 말씀해주시는 겁니다. 선생님도 모르게 자기를 누설하고 있는 중이십니다.

◀넘어갑시다. 나는 솔직이니 뭐니 그런 것에 관심 없거든요.

▷솔직해지려고 시를 쓰는 건 아닐 겁니다.

◀말이라는 게 엉성한 바구니 같아서 무얼 담으면 이리저리 다 새어버립디다. 믿을 수 없지요. 거기에 의탁할 수밖에 없는 게 시인의 운명이잖아요. 실로 더러운 운명이겠지요. 언어는 사물에 붙어 있는 초라한 흔적이라는 말 누가 했는지 기억에는 없지만 이 이상의 정의는 없을 거요. 잘 모르면서 힘주어 하는 말인데요 그래서 언어는 착각이자 왜곡이고 오작동이라고 생각합니다. 간단히는 허구이구요.

▷한물 간 인문학 강의 같아요. (웃음) 정리는 누군가 하겠지요. 이번이 열세 번째 시집입니다. 시집이 몇 번째인가 그런 걸 헤아려보고 그러시나요?

◀네. 헤아린다기보다 헤아려지더군요. 몇 권은 내야지 하는 자기 속셈들이 있을 겁니다. 그 기준이 김소월이라면 한 권만 내면 될 것이고, 조병화 같은 시인에 맞추게 되면 줄잡아 50권은 내야 될 겁니다. 그러나 예외를 제외하면 대개 20권 안팎이 될 겁니다. 그 정도면 물량주의와 상관없이 자기 업무에 충실했다고 볼 수 있을 겁니다.

▷그것도 적은 양이 아닌데요.

◀그렇지요. 밤낮없이 두드려대야 할 테니까요. 많은 분량의 시를 쓴다는 것은 자기 시를 무화시키는 첩경이기도 합니다. 시적 전술이라고나 할까.

시는 없다
많은 시들이 있을 뿐이다
아름답고 망상적인

▷시집 볼륨이 업계의 통상 기준을 너무 무시했다는 건 인정하시나요? 두꺼우면 독자들이 거들떠보지 않는다고 하더라고요. 시집이 너무 두터우면 시집 같지 않잖아요.

◀나도 그렇게 생각해요. 너무 두터우면 시집 같지 않다는 데 동의. 그런데 나는 이런 동의가 많이 거시기 합디다. 시집의 존재론적 형태까지도 다수 독자의 동의 속에 있어야 되는가 의심하는 거지요. 간단히 말하자면 시집들이 대개 얄팍하잖아요. 그래서 좀 두터워도 되겠다고 생각했을 뿐입니다. 다른 철학이나 신념은 없습니다. 반대로 생각해도 같은 결론인데요 다시 말해 시 대여섯 편만 수록된 시집도 있어야 될 겁니다. 어떤 분들은 내가 이렇게 말하면 나를 극단주의자나 삐딱이로 몰아세우더군요. 이 선생님도 그럴 겁니다. 맞지요? 그러나 시는 이와 같은 평균적 이해, 통념에 묶여 있어서는 별로겠지요. '그렇습니다'와 같은 태도가 아니라 '그건 니 생각이고'(장기하)와 같은 발상이 시적 출발의 영도라고 생각합니다.

▷편수로 보자면 300편에 가깝던데요. 이 분량은 통상 계산법으로 시집 5권에 해당하지요. 심하신 건 아닌가요. 아니라면 현실을 거스르고 싶은 역하심정이 작동하셨던가.

◀억하심정은 아닐 겁니다. 시집은 시인의 창고 같은 것인데 시집을 내려고 보니 시가 이렇게 많이 쌓였더라구요. 대표선수만 차출할 수도 있고, 몇 권으로 나누는 작업도 가능했겠는데 두 경우 다 문제가 있었지요. 좋은 시만 골라낸다는 말도 역겹습디다요. 몇 권으로 나누어 인쇄한다고 타협해봐도 개운하지 않습디다. 이 방법 밖에 다른 도리가 없었어요. 이런 고민을 한 방에 퉁 치자는 뜻에서 한 권으로 묶게 되었습니다. 새뜻하게! 읽어보시면 알겠지만 시들이 다 어슷비슷한 부족들이라 한 권으로 구획짓는 게 옳기도 했습니다.

▷시집에 '일러두기'가 붙어 있는데 사실은 시인의 말을 대체하고 있기도 했습니다. 그런 의도였던가요?

◀시집에 대한 조촐한 가이드이지요.

▷애착이 가는 시를 일러주실 수 있나요?

◀없습니다. 그런 시는 다음 시집에 포함시킬 겁니다.

▷다음 시집을 구상하고 계시다는 말씀?

◀그렇다는 말이지요. 다음이라는 시간대는 책임지지 않아도 되니까요. 다음은 사양이나 거절, 불확정과 같은 뜻이지요. 다음에 시집을 낸다는 보장은 없습니다.

▷꼭 선생님 시처럼 말씀하는군요. 시에 특별한 가치를 부여하지 않으시려는 최근의 문학적 몸짓, 시짓이 (박세현 어법으로) 막 튀어오릅디다요. 독자들이 오해할 여지도 있습니다. 이 분은 시를 하대하는 척 하면서 왜 시를 쓰는지 의심받을 수 있다는 말씀입

니다. 그렇더라도 시에 표나게 쓰실 일은 아닌 것 같은데요.

◀손가락이 말을 듣지 않는 증상이지요. 나는 이러저러하게 작문하고 싶은데 손가락은 내 뜻과 다르게 키보드 위에서 막춤을 춥디다. 말장난으로 들립니까?

▷아니오. 박세현스러운 시적 배후가 드러나는 순간입니다. 이건 맘에 쏙 듭니다.

◀고맙습니다.

▷합의된 시의 가치나 위의를 부정하거나 폄하는 척 하면서 자신의 생각을 펼치는 게 선생님 작업이라고 보거든요.

◀누가 그렇게 보지요? 이 선생님인가요?

(웃느라고 잠시 대화는 끊어짐)

▷80년대를 시의 시대라고 불렀는데 그 많던 선생님 세대 시인들은 다 어디 갔나요?

◀자기 아파트에 있겠지요. 나는 모르는 일입니다.

▷선생님도 그 세대잖아요. 1983년 등단.

◀맞습니다. 그런데 나는 그 시대에 무엇을 받아들였는지 기억나지 않습니다. 1979년 박정희가 살해되었을 때 북괴가 전쟁을 일으킬 것이라 생각했습니다. 지금까지 전쟁은 일어나지 않았어요. 나의 시대적 안목은 이게 전부였고, 무엇엔가 속고 있다는 생각을 버릴 수 없었네요. 전쟁이 있어야 마땅하다는 건 아니고, 한반도가 무슨 각본 속에 놓여 있다는 생각을 지울 수 없다는 말입니다.

▷선생님은 생물학적으로 80년대 소속이면서 80년대적 감성이

시에 덜 묻어 있는 편이지요. 독자들에게는 그 점이 의심스러울 수도 있지 않을까요? 덜 읽히거나 덜 팔리거나 평가가 유보되거나 건너뛰는 근거가 되지 않았을까 하는데요.

◀팔자소관일 겁니다.

▷이런 시대에도 팔리는 시집들이 있답니다.

◀내가 알 수 있는 영역이 아닙니다.

▷독자가 교체되었고 입맛도 달라졌습니다. 선생님은 왜 이런 현실을 모르쇠 하실려구 그러세요. 선생님 작업실에서는 말이 되지만 작업실 문을 열고 나오는 순간 선생님의 그 고루한 세계관은 독자들의 눈총에 맞아 형체를 수습하기 어려울 겁니다. 문단경력 10년이면 문학상 하나 정도는 약력에 삽입해주는 추세더라구요. 선생님은 등단 38년차인데 감감하지 않아요. 그렇지요? 그건 선생님의 시가 한국문학에 특별하게 포함될 만한 개성이 없다는 뜻이거나 문단관계가 원활하지 못하다는 말이 됩니다. 물론 선생님은 문단출입이 생소해서 그렇다고 하실 겁니다. 틀린 말은 아니지만 선생님처럼 독립적인 시인이 되고 싶은 경우는 오히려 시의 독립성을 더 거세게 고양시켜야 한다고 보거든요.

◀내 말을 왜 이 선생님이 하시고 계신가요? 참고하시겠습니다. 내가 스스로 놀라는 자투리 뉴스 하나. 얼마 전에 후배 시인이 내 시집을 어떤 문학상 후보에 추천했다고 문자가 왔습니다. 이것만으로 기분이 좋았습니다. 상은 물론 못타겠지요. 상금이 워낙 좋아서 경쟁도 심할 것이고, 어떤 비평적 찬사에도 불구하고 문학

상은 문단의 역학관계에 대한 거울상일 겁니다. 작품이야 금박을 두르면 다 번쩍거리지요.

▷첨언할게요. 화는 내지 마세요. 저는 선생님의 한참 후배격이니까요. 등단 38년차라는 사실은 엄밀하게 말해 다시 등단하셔야 하는 세대입니다. 문단이라는 상징계의 인정을 새롭게 다시 받아야 한다는 겁니다. 한번 시인이면 죽을 때까지 시인으로 지속되는 건 아니라고 봅니다. 선생님 문단에 나가보세요. 10년 연하만 되어도 문인들 선생님 존재를 모른다니까요.

◀나도 그 사람들 모르거든요.

▷쫌 들어보세요. 요컨대 선생님은 문단의 듣보잡이라는 말입니다.

◀계속 들이대라는 뜻인가요?

▷요는 그렇지 않겠는가 하는 말입니다. 요즈음의 문학판 움직임은 잘 모르실 걸요? 문예지도 읽지 않으실 거구요.

◀이 선생님 말씀 맞고 옳습니다. 자기 시대를 상실한 자의 복수받음이지요.

▷정답.

잘못 쓰면 깊이 있다는 소리 듣지요.

◀그러니 어쩌겠소. 조용필로 다듬어진 목청을 가지고 BTS의 춤과 노래를 불러보려하면 되겠소? 그렇다고 줄창 조용필 창법만

구사하면 누가 좋아하겠습니까. 이러지도 저러지도 못하면서 진작부터 내 이렇게 될 줄 알고 있었습니다. 자기 시대에는 뭐하고 놀다가 패자부활전에 나간 선수처럼 허덕거리느냐고 타매하겠지요.

▷그래도 저는 선생님을 지지합니다.

◀무슨 말씀?

▷선생님은 지금 열심히 쓰고 계십니다. 더 나은 실패에 도전하고 있다는 겁니다. 이 점은 기립박수입니다. 백댄서 한 명 없이 시를 쓰고 있다는 점이 그렇습니다. 선생님이 마라톤에 출전했다고 쳐요. 지금은 선두 주자들이 경기장에 다 들어온 상황, 주 경기장에서는 축구 결승전이 한창 진행 중입니다. 그 즈음에 선생님이 운동장에 들어선 것이지요. 전광판엔 선수의 등위와 기록들이 떠 있고 종료된 마라톤에는 아무도 신경 쓰지 않는 운동장 모서리를 말의 똑바른 의미에서 '자기와 싸우면서' 홀로 돌고 있는 번외 선수인 것이지요.

◀마지막으로 운동장을 한 바퀴 돌고 마라톤을 끝내야겠지요.

▷글 쓰면서 이거 하나는 잘했다 이런 거 있으면 말씀 좀 해주세요.

◀대놓고 얘기할 만한 게 없다는 게 그중 잘한 겁니다. 남들 예는 들지 않을랍니다.

▷재수 없으면 백 살 산다는 우스개가 있잖아요. 시 잘못 쓰면 깊이 있다는 소리 듣는다. 이거 아니던가요? 수긍하시나요? 가만 계시는군요. 그래요. 심각하고 진지한 시적 태도와 다른 자리에

서 세상적 의미를 격멸하려는 게 박세현 시라고 저는 정리합니다.

◀그렇게 말씀하니 정말 그런 것 같군요. 오로지 그렇게 쓴 것 같습니다.

▷사실 더 중요한 것은 자신이 격멸하려는 의미에 자꾸 되잡힌다는 사실이지요.

◀주력은 많이 떨어졌어도 더 멀리, 더 빨리 달아나려고 애쓸 겁니다.

▷아직 쓰고 싶으신 시들이 남아 있는지요?

◀질문이 맘에 들지 않습니다. 아직이라는 부사도 그렇고, 덜 쓴 잔여 시가 있느냐는 선제적 질문 의도도 그렇습니다. 나는 그렇게 생각하지요. 내가 쓰는 시는 거창한 이론을 등에 업고 있지 않아요. 이론은 내 편이 아니더군요. 그러므로 내 앞에 던져지는 매순간이 나의 시가 됩니다. 그러니 '아직'이니 '남은 시'와 같은 말은 내가 받들고 있는 시와는 짝이 맞지 않습니다요. 누구나 그렇겠지만(다 그런 건 아니겠으나) 이미 쓰여진 시에 대해서는 아무런 느낌도 미련도 없습니다. 오직 쓰여지지 않은 시만 살아있습니다. 쓰여지지 않았다는 사실만으로도 그 시들은 성성하거든요. 쓰고 나면 그것은 내가 원했던 시가 아니니까요. 물속에서는 화려해보였는데 건져놓고 보니 거무죽죽한 문어와 같지요. 그래서 하는 말인데요 좋은 시니 잘 쓴 시니 심지어 남의 시에 밑줄을 그어가며 시를 가르치는 소문을 듣노라면 웃음이 납니다. 왜들 이러는지 모르겠습니다.

▷선생님이나 잘 하세요 (웃음).

◁데이비드 실즈의 무슨 책을 읽다 만난 구절인데 금과옥조로 여기면서 가끔 생각합니다. '지혜는 없다. 많은 지혜들이 있을 뿐이다. 아름답고 망상적인.' 이 문장들을 시쪽으로 바꿔봅시다. 시는 없다. 많은 시들이 있을 뿐이다. 아름답고 망상적인. 좋은 시라는 기표는 있어도 좋은 시의 기의는 텅 비어 있습니다. 시 속에 시가 없다는 말이지요. 햇살을 움켜주고 손을 펴보면 햇살은 흔적도 없지요. 시는 언제나 흔적 없음의 형식으로 존재할 겁니다. 그 목마름, 허기, 광기.

▷꽤 여러 말들을 나누었습니다. 시집이 13권이고, 산문집이 7권입니다. 게다가 올해 산문소설 『페루에 가실래요?』를 내셨습니다. 더욱이(웃음) 산문집 『필멸하는 인간의 덧없는 방식으로』도 교정 중이라면서요.

◁네 (웃음).

▷왜 웃으세요?

◁그냥 웃음이 납니다.

▷자부심인가 보다.

◁쓸 때는 정신없이 썼는데 인쇄하고 나니 내가 무슨 짓을 한 것인가. 그런 생각이 들면 지금처럼 앞뒤 없는 웃음이 나옵니다.

시를 믿으세요?

▷산문집을 자주 내는 이유라도 있으신가요?

◀내 시에 끼어 있는 잡음과 기름기를 제거하기 위한 방편적 글쓰기입니다.

▷단독 시집 열 세 권이면 많은 건가요? 적당한 건가요?

◀많다면 많고 적당하다면 적당하겠지요. 『아무것도 아닌 남자』에도 세 권 분량이 수록되었으니 내가 이런 짓거리를 잘 하는 편이군요. 권 수로는 13권인데 편수로는 1,200편을 웃돌겠지요. 쓸 만큼 썼지요. 그러나

▷더 쓰고 싶으시다는?

◀앞에서 내가 떠들었잖아요. 시쓰기에는 더나 덜이 없다는 말씀. 나는 할 말이 있어서 쓰는 것이 아니고 할 말이 없어서 쓰는 중입니다. 할 말 다했는데 듣는 사람 없어 또 떠들어대는 것이 내 시의 본질일 겁니다. 본질을 다른 말로 수정하고 싶은데 지나갑시다.

▷이제 『페루에 가실래요?』에 대해 짚어보지요. 산문소설은 뭔가요?

◀산문에 픽션을 피처링한 것입니다. 산문이면서 산문도 아니고, 소설이면서 소설도 아닌 변종입니다. 이 사람이 소설도 쓰는구나. 이런 판단은 틀린 것이지요. 시인의 이야기이고 시에 대한 추궁입니다. 이 산문소설을 읽고 '이게 무슨 소설이야'라고 타박하는 사람이 있다면 반대하지 않겠습니다.

▷기자 간담회는 하셨나요?

◀나를 섭외하는 매체가 없었습니다.

▷북콘서트나 독자 사인회 같은 것도 물론 없었겠네요.

◀그건 그렇습니다. 며칠 전 원로 불문학자의 인터뷰를 읽었는데 기자가 근황을 물었습니다. 그분은 무위도식을 배워야겠다고 했습니다. 나도 참고가 되었습니다. 내 속에는 몇 권 읽지 않은 남의 소리가 맨날 왱왱 거리거든요. 그런 걸 싹 쫓아내고 뇌를 리셋하고 싶습니다. 내 정신으로 즉 주체적으로 사는 것 같지만 나는 남의 정신으로 살아왔습니다. 시만 해도 그렇더군요. 한 줄 쓰고 한 줄 띄우고 이런 식은 어디서 배웠겠습니까? 그저 배운 대로 써 온 것이지요. 독자와 업계의 관습에 충실한 게 과연 시일까요? 과연 그게 내 시일까요? 마치 이런 게 시라는 듯이, 시인이라는 듯이 살아진 겁니다. 시인이 아니라는 듯이 살지 못한 죄. 느닷없이 쓸쓸해지는군요. 서머셋 몸이 『서밍업』에서 제아무리 훌륭한 작품이라도 생명은 3개월에 지나지 않는다고 했습니다. 작가가 글을 쓰는 건 자기만족이라는 결론이지요.

▷나른한 자기만족이 없이 어떻게 시를 쓰겠어요? 조지 오웰의 말을 빌리자면 순전한 이기심이지요.

◀맞지요?

▷누구나 그렇지 않겠나요?

◀자기만족 네 글자 속에는 기만이라는 말이 버티고 있잖아요. 글쓰기는 자기를 속이거나 자기에게 속는다는 뜻으로 새겨야겠

지요. 독자도 속이면서.

▷독자는 속지 않을 겁니다. 요즘은 독자 수준이 작가 수준을 넘어가버렸습니다.

◀그런가요? 내 방에서 키보드를 토닥거리고 있으면 집사람이 지나가면서 시 그만 쓰라고 합니다. 집사람 없을 때 얼른얼른 몇 자 쓰고 치웁니다. 숨어서 쓰는 셈이지요. 어쩌다 집안에서도 시가 애물이 되었을까요? 이심정 선생님은 젊으시니 답을 알 것 같은데요.

▷평론가 김윤식 교수의 작고 전 인터뷰를 봤어요. 기자: (문학이 망해 가는데) 문학에 평생을 바친 걸 후회하지 않으세요? 김 교수: 아니오. 후회도 그런 것도 없고 그냥 그렇게 되고 말았어요. 그분의 『한국현대문학사』 여백이 비로소 채워지는 순간이었어요. 시원섭섭하고 웃픈 보유(補遺).

◀그냥 그렇게 되고 말 일들 (둘 다 잠시 침묵).

▷시집 앞자리에서 너무 어두운 음계로 얘기를 나눈 게 아닌가요? 이러자고 시작한 건 아닌데요.

◀상관없습니다. 우리는 불멸과 필멸 사이에 잠시만 떠있는 존재들입니다. 사는 척 하기 위해 살아가듯이 시 쓰는 척 하기 위해 시를 쓸 것입니다. 난들 왜 가을날 투명한 유리창에서 미끄럼을 타는 햇살 같은 시를 쓰고 싶지 않겠습니까. 가죽 잠바 입고 종종 마약도 하는 헤비메탈 가수가 집에서 부르는 동요 같은. 최고급 호텔 서양요리 전문인 셰프가 휴일에 집에서 손수 끓여먹는 라면

같은. 할머니가 흥얼거리던 그 어디에도 귀속되지 않던 노래 같은. 생후 50일 된 손주의 옹알이 같은 시를 나라고 왜 쓰고 싶지 않겠습니까. 늙으면 그런 시를 써야지 했는데 그 늙음이 지나간 듯 합니다. 이제야 길을 잃어버리고 왔다리갔다리하는 것이지요.

▷시 쓴 거 후회하세요?

◀뭐, 그런 건 없어요. 그냥 이렇게 되고 말았어요. 나에게 시는 읽는 장르가 아니라 단지 쓰는 장르니까요.

▷시를 믿으세요?

편두통에 좋은 시

편두통에 좋은 시

읽으면 몸살이 낫는 시
열이 내리는데 효과적인 시도 있을까
있다면 있겠지
눈밑 주름 개선을 도와주고
관절통을 덜어주는 시를 쓰면 좋겠다
시는 그런 시가 좋다
까닭 없이 마음 휑한 순간에는
함부로 쓴 시 아무렇게나 쓴 시
시에서 불거진 시를 찾아 읽자
내가 쓴 시 읽고
편두통이 사라졌다는 사람
생기가 돌았다는 사람도 있다
지어낸 말이 아니다
시에서 무얼 더 바라시는가

J형

서촌 뒷골목 끽다점
그 고립무원에서
가비얍게
가배나 한 잔 나눕시다
J형은 서대문에서 올 것이고
나는 동대문 밖에서 걸어가게 될 것이오
김해경을 만날지도 모르잖소
청계천에서 구보를 따라 갈지도 모릅니다
그분들보다 삶이 턱없이 부족해서
걱정이오

추신

신경 끄고 자려는데
신경이 꺼지지 않던 밤들에게
창틀을 밟고 지나간 밤고양이에게
나는 거짓말을 하련다
사랑했다 고마웠다
비 오던 그 밤
빗소리에게도 나는
근거 없는 추신을 쓰고 있다

내가 가지고 싶은 책

내가 읽고 싶은 책을 써야 한다
그것이 나의 핵심이다
가치 있고 감동적이고 새로운 게 아니다
그것은 시의 모습도 소설의 모습도
에세이의 모습도 아닐 수 있다
노골적인 실용서의 형태가 좋겠다

늘 머리맡에 두고 싶은
너무나 실용적인 시
대단히 자기계발적인 소설
아니라면 사촌형 같은
먼 친척 누님 같은
만난 지 닷새 쯤 된 여자 같은
커피 한 잔 팔려고 밤늦게까지
문 열고 있는 카페주인 같은
그런 책을 가지고 싶은데
나의 욕심은 규모가 작다
그게 탈이다

다시 말해서

쓸쓸함의 끝까지
다시 말해서
외로움의 바닥까지 내려갔다가
돌아오지 못하고 실종되기
동티벳 설산일 수도 있고
신종 코로나19 기다리는 골목길 같은 데
지금 나의 증상은 미열
체온이 측정되지 않는 슬픔이다
다시 말해서
쓰지 않은 시
늙수구레한 마음 곁에 마구 핀 수레꽃이다
야윈 꿈속에서 봄바람은
불다가 말다가

버림받고 싶다

당신에게 조용히 버림받고 싶다
당신 친구에게도
당신 친구의 친구에게도 그러고 싶다
음악에도 나뭇잎에도 다정한 모국어에도
달랑 버림받고 싶다
그러면 내 속에 끓고 있는 것들
내 속에 눌러앉은 내가 아닌 당신들
다 사라질 것이다
나는 왜 날마다 당신을 반복하고 있는가
거지발싸개처럼
(거지협회가 이 말에
반발할지도 모르겠다)
당신에게 버림받으면서 딱 한번
치열하게 당신들과 헤어지고 싶다

갑시다!

주간 운세를 믿으며
너울성 파도 옆을 지나간다
손에는 젊은 파도 한 조각
파도만 있는 게 아니다
구름도 있고 허방도 있고
논증할 수 없는 적막도 들려 있다
안다는 듯이 고개를
끄덕이지 마세요
인형에 눈알 붙이는 심정으로
시를 쓰면서
시의 소용돌이에 몸담고
갔던 길로 다시 돌아온다
좀 멋진 말 없을까
끝장 보듯 확 뒤집어질만한
정면충돌하듯이 아찔한!
갑시다!
뒤에서 누가 길을 재촉한다

두 번째 첫눈

편의점 앞에서 눈 오는 날
카톡을 읽고 있는 남자
장자를 만난다
어디서 많이 들어본 구식 이름이다
그러나 서로 무해하게 웃으면서 지나가기
그 사잇길로 몇 년 치 함박눈이 쏟아진다
그가 지나가고 그의 신도들이 지나가고
나는 그들이 가지 않은 길로 뒷걸음질친다
길은 막다른 길
그게 진정한 길
아무래도 좋소
텅 빈 극장 같은 광화문을 걸으면서
금년도 두 번째 첫눈을 맞는다
털모자를 쓴 장자가 손에 무얼 들고 있는데
그것이 무엇인지 생각나지 않는 중

불암산 봄호 특집

요런 소규모의 산에서도 훗훗하게 길을 잃어버린다
사놓고 읽지 않은 에크리의 한 줄 같은 사잇길에서
나는 누구도 아닌 처음 보는 내가 되었다는 소식
반갑네
매일 보는데 반갑기는
그건 내가 아니야 나의 대리인이지
그런가 나도 자네 참고인이야
론도 형식으로 부는 봄바람
저건 누구의 몸짓인가

시 좀 그만 쓰게 될 것이다

시 좀 그만 쓰시오
이렇게 말리는 누가 있다면 대답한다
오늘은 오늘의 시가 있고
어제는 어제의 시가 있듯이
조카의 시가 있고 삼촌의 시가 있듯이
도둑의 시가 있고 양심수의 시가 다르듯이
예순엔 예순의 시가 있고
삶 뒤엔 삶의 시가 있을 것이고
기차처럼 지나간 시가 있듯이
끝내 오지 않는 시도 있다
골목의 시가 있다면
골목 끝에서 쉰 목으로 부르는 시가 있다
쓸 수 있는 시가 있다면
삶의 끝순간까지 쓸 수 없는 시가 있다
쓸데없는 시가 있고 아주 쓸데없는 시가 있듯이
쓸 데 있다가 쓸데없어지는 시는 너무 많다
쓴다는 일은 첫눈 내린 절집 마당을 쓰는 일과 같다 그때그때 쓸
어내지 않으면 형체 없이 녹아버리거나 쓰기 힘들 만큼 난감해져
서 넘지 못할 산이 되고 만다 시를 쓰는 일이 내 맘 속 뒷골목에
헛헛하게 쏟아지는 눈을 쓸어내는 소일거리라고 쓴다 그러던 어
느 훗날은 한없이 내리는 저녁눈을 그저 바라만 보게 될 것이다
시 좀 그만 쓰게 될 것이다

종묘 앞에서

일 없는 날
일 없이 종묘 앞을 지나면서
구름처럼 떠 있는 구름 한 장을 쳐다본다
신호등 기다리는 사이로
덧없다는 듯이 구름은 덧없이 사라졌다
넥타이를 맨 노인이 손을 내밀었다
점심을 못먹었어요 조금만
내가 돈을 주었는지 안 주었는지
기억은 가물거리는데
대화 한 토막만 남아서 깜빡거린다
노인장, 추운데 집에 들어가세요
집이 없습니다

북만주 어디

격주 토요일에는 경기도 시흥에 간다.
안 갈 때도 있다.
상계역에서 4호선 타고 창동에서
1호선으로 갈아타고 계속 간다.
끝없이 간다. 벌판이다. 사막이다.
소사역에 내려 서해선으로 옮겨 타고
계속 가다가 결국 시흥시청역에 쿵 떨어진다.
화장실에서 오줌 누고 나가면
하늘로 오르는 젊은 에스컬레이터가
어서 오라고 재촉한다.
승강기에서 내리면 아이쿠 거기
1930년대 시인들이 줄줄이 기다리고 섰네.
다들 시집처럼 시퍼렇게 젊었다.
시를 쓰다가 나왔는가.
얼굴에 시의 육필이 묻어 있다.
누군가 악수를 청한다.
시인이지요? 나부랭입니다.
시인은 당신들이다. 그들만 시인이다.
한글에 의지해 만주를 떠돌며
자기 픽션을 가로질렀던 그들이 시인이다.
나 같은 거야 그저 공짜로 전철에

몸을 싣고 떠도는 허공거사일 뿐.
들어가시지요. 백석인가? 오장환인가?
시인들을 따라 시의 숲으로 들어선다.
바야흐로 그곳은 북만주 어디였다.
그리고 나는 시를 잃어버린다.
거대하고 막막한 황홀!

60대의 어느 날

눈 떠보니 처서
아니 벌써!
구름 많은 하늘이다
손으로 구름을 좀 걷어내고
맨하늘을 쳐다보면서
추억의 뒷장마냥 힘빠진 광기를
조물조물 물에 적셔 헹군다
재즈 보컬 지미 스캣의 말년 목소리 듣고
생각을 꾹꾹 누르면서 묵념
그 다음은 무슨 생각했는지
모르겠다
낡은 채로 진보하는 거야
그치?

이거라도 가져가

십 수년 동안 혹은 그 이상
자고 일어나고 자고 일어나면서
연구실로 떠났던 원룸아파트에서
입장문 한 줄 없이 몸만 빠져나와 눈 떠 보니
나는 사막을 걷고 있다
맹세를 나눈 동지는 간 데 없고
꿈은 저 혼자 자라고 있다
헷갈리는 시를 쓰고 싶을 때마다
나는 그 단칸방으로 스며들겠지
철지난 생각과 철지난 라디오와 철지난 종이책과
철지난 햇살이 서로에게 삐걱대는 生和音 앞에서
나는 입을 다물겠지 그건 무슨 뜻일까
방안을 적시던 달빛에게 물어볼 것이다
베란다에서 혼자 피고 혼자 지던
화분 속 장미에게도 안부는 전해야 한다
돈 될 물건이 없으니 모처럼 들었던 좀도둑은
도리어 의로운 화를 낼 것이다
집주인 대체 어떻게 산 작자야
변명삼아 시 한 편 방안에 던져두고 돌아서기
이거라도 가져가 살림에 보태주시기를

귀뚜라미에게 시를

50대는
원로
60대는
대가
70대는
본의 아니게 전설이 되었다
한국문단은
그러나 언제나 제시간에
꼬박꼬박 어김없이 출발한다

누구는 시낭송을 하고 누구는 기자 간담회를 하고 누구는 시선
집을 내고 누구는 페이스북에 시를 걸고 누구는 심사평을 쓰고
누구는 자기 시집에 자필 사인을 한다 멀리서 기적이 운다 누구
를 향한 울음인가

어떤 밤에는 시를 쓰고
어떤 밤에는 시를 낭독한다
창문 넘어왔던 귀뚜라미가
나를 보고 있다
서비스로 시를 읽어준다
앞발을 들고 박수도 친다

나는 눈인사
전설이 되지 못한 나는
아직은 그저그런 대가 반열의 시인
오늘 밤도 없는 당신을 위해
시를 쓰고 지운다

초고 예찬

상트페테르부르크에 일주일째
비가 오고 있다네
둥근 가을 빗소리
손으로 받으며 이방인의
시를 읽고 싶네
가령 세네갈 또는 함부르크
혹은 이스탄불 유흥가
예컨대
남코리아의 어떤 시
교보문고나 인터넷에 오른 시 말고
골목 이발소나 작은 세탁소
유리창 같은 데 붙어 있는 시라면 좋겠다
새벽같이 출근하는
비정규직 같은 시면 좋겠다
전향서를 쓰지 않고 옥살이하는
장기수 같은 시도 좋지
거짓말을 밥 먹듯 하는
시인의 시도 괜찮다
이혼 도장 찍고 돌아서는
남자의 셀카 같은 시도 있을 것
엘리베이터 닫힘 버튼을 대신 눌러주던

나이 든 여자의 주름진 손가락이라면
생각할 필요도 없겠다
잠깐만,
이거 신가 뭔가
그러게요

무제

흐린 토요일 아침
공사장 망치소리가 들려온다
더 큰 고뇌의 합창소리
나는 그렇게 들었다
이런 날 나는
일자무식이 눈 감고 휘갈겨 쓴
시의 초고를 읽고 싶다
초가을 어쩌고 저쩌고
삶이 이러쿵저러쿵
아마, 당신도 그럴 걸!

이게 전부야

봉평에서 시를 읽었지
밤에도 웃자라는 메밀밭 사이에 서서
아무도 듣지 말라고 중얼거렸지 뭐야
달은 구름 속에 있고
추억은 마음속에서 필까 말까
누군가의 수신호를 기다리는 중
메밀밭 사잇길에서 기생출신 가수
왕수복의 무릎을 베고 운명했다는 소설가
이효석 그이를 딱 만났지 뭐야
믿지 않겠지만 완전 팩트임
그분이 글쎄 내 시를 외우는 거 있지
내가 쓰지 않고 생각만 하고 있던
그 시를 통째로 말이야
이런 순간을 뭐라고 부를지 모르겠어서
지나가는 사람 붙들고 사랑한다 말하고
귀싸대기를 얻어맞고 싶었다니까
희고 진한 소금밭 사이로
내 마음 속 빈집으로
나는 영원하게 걸어들어갔어
이게 전부야

목포행 완행열차

첫저녁 어둠발 섞인 기원정사 뜰에서
가수
장윤정을 기다린다
그녀가 더 늙기 전에
내 귀도 더 막막해지기 전에
그녀의 목포행 완행열차를
쌩으로 들어보고 싶은 기대에 기대면서
한눈 팔며 서울길을 늦추고 있다

루이 암스트롱도 좋고
가야금도 좋다지만
가을이 단체로 몰려와서
한순간 내가 증발하는 이 대목에서는
오지 않는 완행열차에 한 물건을 싣는 게 좋다
계란이 왔어요 삶은 계란이 왔어요
저음의 쉰 목소리도 사랑스럽다
옛날 목포행 완행열차는 지금
나의 어디를 지나가고 있더냐

아메리카노

반나절 동안 혼자 식은
아메리카노가 침묵하고 있다
잔을 들고 한 모금 살짝 입술을 적신다
식은 아메리카노가 입술에 닿는다
온기가 사라진 아메리카노가
더 아메리키노 같은 이유는 모르겠으나
미지근한 나의 영혼을 차갑게
흔들어놓기에는 충분하다
아메리카노를 마시기 전보다
식은 아메리카노를 마시기 전보다
나의 엉성한 생활은
나의 엉성한 상상력은
나의 엉성한 신념은 많이 분명해졌다

금요일밤에 쓴 초고

그냥 살자
이 문장을 쓰고 그냥 멈춘다
어디서 다시 시작해야 할지 모르는 것
지구의 거죽을 핥고 가는 한 떼의 바람
나는 그 바람결에 불려가는 들보잡이오
어제 서울역을 지나올 때 내게 왔던
아련한 슬픔은 자고 일어나니
어련한 슬픔으로 바뀌어서
컴퓨터 바탕화면 속으로 들어갔다
그 자연스러움 그 놀라움 그 잔잔함을
어떻게 처리해야 하나
이 순간에 나는 복고풍으로 말하겠다
새로워서 새로운 것이 아니라
새롭고 싶어서 나는 급속으로 새로워진다
그냥 살자
새로운 채로 구식인 채로 늙은 남자인 채로 남자도 아닌 채로 전
남편처럼 교도소에서 만기 출소한 살인범처럼 명예교수처럼 의미
의 집을 나와 방황하다가 초라한 간이역에서 죽자 시도 없이 음악
도 없이 기억도 없이 나한테서도 쫓겨나면서

물론 거짓말

출판사에서
입춘 기념으로
나의 시선집 두 권을
출판하겠다고 연락이 왔다
물론 거짓말이다
요즘은 말이 되는 말이 아니라
말이 말 같지 않을 때만
말의 내장이 보인다
그대는 그대라는 개념이고
나는 나라는 개념이다
오늘은 고향마을에 와서
겨울바다에 꽃 핀 파도를 본다
눈물은 흘리지 않는다
내 고향은 리스본, 부에노스아이레스,
통영, 하얼빈, 뉴올리언즈
한물 간 남자들이 모여
부드러운 등뼈를 만지며
축구를 시청하는 선술집에서
에로틱하게 시를 낭독하는 여자가 있다
내가 그대요
그대가 전생에 버렸던 그가 바로 나요

무

내가 당신에게 준 것은
무
여러 날 공들였던 말씀의 내용도
무
내가 모르는 것을 주었고
내게 없는 것만 골라서 주었으므로
나는 당신에게 준 것이 없고
돌려받을 것이 없다
그러므로 우리는 영원하리라
당신이 웃으며 나에게 준 최초이자
최고의 선물도
무

시는 내가 알아서 쓸게

기다리기보다 포기하고 다른 일을
시작하는 게 낫다
이번 주 주간운세 풀이다
기다린 게 없었으니 포기할 게 없다
창세기 같은 나날을 살고
그게 그거 같은 시를 쓰고
똑같은 가족 똑같은 친구 똑같은 아파트 똑같은 골목 똑같은 식
탁 똑같은 애인 똑같은 이데올로기 똑같은 후회 똑같은 반성 똑
같은 꿈 똑같은 유튜브 똑같은 소설가들 똑같은 살인범들 똑같
지 않은 쓸쓸함
(몇 줄은 공백으로 둔다)
그러나 그럼에도 오늘은 모순과
헷갈림만 따라 길을 나선다
그것마저 내 것이 아닌 줄 알면서

힘든 무제

힘든 한 해였다
내년은 더 힘든 해가 될 것이다
다가 온 2020년
이공이공이라 발음하면 속이 빈
뼈처럼 울리는 새해
삶은 지루하고 그래서 사람들은 시를 쓰고
시를 낭독하고 시집을 인쇄하고 책콘서트를 연다
그리고 새해라는 듯이 시침을 뗀다
순대국을 팔면서 일생을 보낸
골목길 나이 든 여주인이 시창작을
시작했다는 구청 소식지를 읽는다
어디서 시를 배웠냐고 누가 물었을 때
그는 몸에 밴 당사자성으로 낮게 웃는다
별놈 다 보시겠다는 웃음 끝으로
짧게 끝난 전위의 표정이 지나간다
지루하시다면 당신도 시를 쓰시도록

밤 열 시 시그널

밤이 왔고
라디오는 열 시 프로그램
시그널을 튼다
지금처럼 그 예전처럼
딱 밤 열 시에 해당하는
음악
저 음악이 품고 있는 기억을
나는 기억하네
어김없이 밤은 오고
읽던 책은 먼저 잠들고 나는
조각난 꿈 주변을
서성거렸다네
잊혀지고 버려지고 나는
사라졌다네
밤 열 시면 언제나처럼
다시 깨어나 저 음악에 얼굴
묻힐 수 있을까?

민짜 꿈

언어는 미약하고
사태는 풍부하다
내 말인가?
이런 멋진 말을
내가 할 리는 없겠고
그럼 누가?
모르겠다
내 말이 있고
남의 말이 있을까?
내 말이 네 말이고
네 말이 내 말이다
수락산 경사면으로 쏟아지던
눈발인가 낙엽이던가
황홀만 남겨놓고 사라진
그런 사태를
혼자 쓸어담던
2019년 11월
나는 공손하게 낡은
남자였고
운명에 협력하면서
사잇길로 지나가버린

있어도 좋고
없어도 상관없었을
한순간의
민짜 꿈이었다

세상 밖에 있는 사람

사천에 왔다 지난 주도 왔지
항구에는 나처럼 노는 배들
너도 알지?
같이 왔었잖아, 비 오는 날
아니라구?
그럼 다른 사람이었겠지
오늘 비바람은 없다
파도도 있는 듯 없는 듯
물횟집도 고요하다
항구를 빙 돌아서
방파제로 올라간다
지난 주 만났던 파도가
테트라포드 사이로 고개를 내밀고
가볍게 인사한다 안녕 하슈 또 오셨네
모든 게 그대로다
바다의 수위도 지난 주와 다를 게 없고
염색한 대통령도 어제 그 노인이다
항구옆 식당에서 순두부 백반을 먹는다
시월의 바람 한 줄이 들어와
무릎 밑으로 지나간다
지나간다 그냥 지나간다

여기는 누가 뭐래도 사천 진리다
그런데 왜 아는 얼굴 하나도 없지?
지나가던 바람 빠르게 돌아와
내 얼굴을 핥아준다
그제서야 나는 겨우 안다
나는 없는 사람
세상 밖에 있는 사람이거든

불법 체류자

나는
불법 체류자
불시착한 채로 산다
온 곳도 가는 곳도 모르면서
정신없이 살아간다
종로를 걸으면서 을지로를 걸으면서
누군가의 이름을 부르면서
철지난 소설의 여백을 살아간다
나는 청개구리 한때의 급좌파
나도 모르게 사라질 것이다 굿바이
한번도 나를 검색하지 않은 여러분들
일일이 찾아뵙지 못함을 이해해주시길

납득

오늘 오겠다던 연락은 오지 않음
밤중까지 기다려도 오지 않았다
내일이면 오려나
내일까지 느긋하게 기다리기로 한다
내일이 와도 연락은 오지 않음
그렇게 하루 또 하루
일생이 지나가도록 영 오지 않는 소식
납득할 수 없지만 영영 기다릴 수밖에 없어
눈 감고 이마를 짚는다

밤파도를 마시면서

한 편의 부조리극 같았던 시수업을 마치고
마치고 마치면서 더 마치고 싶을 때
이 모든 말끝이 한꺼번에 몰려 온 순간
시립도서관 언덕길을 내려오면서 꾸욱
브레이크를 깊게 평소보다 깊게 밟는다
좌회전 깜빡이를 넣고 기다리는 사이
빗낱이 떨어지면서 철학은 시작된다
내가 여기 오는 수요일 밤마다 비가 왔다
무슨 뜻인지는 모르겠고 신호등이 바뀌고
서서히 좌회전 하여 밤바다에 도착한다
바닷가 나무의자에 앉아 아메리카노를
마시는 것은 나를 마신다는 뜻이다
한 잔 두 잔 또 한 잔
50대 수강생은 이육사의 별 헤는 밤을
좋아한다고 부끄럽게 말했다
이육사와 별헤는 밤을 한몸으로 안다는 건
초문학적인 사유방식이다
밀려오다가 딱 그 자리에 멈추는 파도
내가 수신호를 하자 파도는 다시 내게로
밀려왔다 밤바다여 수고하시라

어느 페인트공에게

메뚜기도 한철
시를 읽고 시를 쓰고
시인인 척 무슨 큰일을 하는 척
자신에게 속아주는 일도 잠깐이다
구름 솟고 빗방울 떨어지는 동네가
내가 온 곳이었지만
그곳을 잊어버린 지 오래다
오늘 밤도 시 한 편 쓰고
흩날리는 시에서 자욱하게 근무한 날이다
허공에 매달려 공중을 색칠하던
당신이 보고 싶다
어쩌다 내 시집을 현금으로 구입하신
당신에게 감사의 말씀을 전한다
신경통, 불면증, 우울증이 사라질 것이며
대대손손 복락이 함께 하실 지어다

노인과 바닷가

동지
바로 다음 날이니까 아직
겨울밤은 봉평터널처럼 길고 길다
왜 하필 봉평인지는 설명하기 어렵다
이처럼 설명으로 불가능한 것이 너무 많다
오늘은 오후에 시 두 편을 썼다
초고일 뿐이지만 나에겐 초고가 시다
손질을 많이 하고 나면 시는 번드르르 하지만
애초의 느낌들은 다 성형된다
괴물이 되고 만다
나는 괴물이 싫거든
조금 전까지 오디오북을 들었는데
헤밍웨이의 노인과 바다였다
다 듣지는 못하고 이 대목을 쓰고 있는 거다
사람은 말이야
늙으면 말이야
자꾸 말이야 말이야가 나오는군 말이야
내가 아직도 시를 쓰는 건 부끄러운 일이야
한 편 더 쓰기 위한 성실성이 아니다
시집을 한 권 더 인쇄하는 행위도
시들해지기 시작했다

그런데도 나는 컴퓨터 새 창을 열어놓고
무언가를 끄적대고 있다
무언가는 시다 나는 그렇게 부른다
내가 쓰고 있는 글이 시라는 보장은 없다
내가 시라고 불러서 시가 될 뿐이다
누가 읽고 이건 시가 아니라고 하면
대번에 시가 아닌 글이 된다
신념에 찬 시인처럼 나는 반대하지 않는다
시가 아니어도 좋고 시여도 좋다
이 나이를 지나가면서 아직도 시를
끄적이고 있다는 것은 아직도 삶에 대한
미해결의 문제가 있다는 뜻이다
멕시코 만류에서 혼자 고기잡이 하는 노인
84일 동안 고기 한 마리 잡지 못하고
빈 배로 돌아오는 노인
여기까지 쓰고 생각이 떠오르지 않아
다음 줄에 낚시를 드리우고 기다린다
기다린다 기다림은 근육을 만들겠지
귓전에서 지느러미 허연 파도소리 들려온다
멕시코가 아니라 강원도 강릉시 사천항
나는 거기 서 있다

부둣가를 걸으면서
더 이상 바다에 나갈 수 없는 폐선도 만난다
괜히 항구 주변을 저공으로 나는
갈매기에게 손을 흔들어준다
바다에 오면 아직 내가 해결하지 못한 것이
무엇인가 또렷해지고 나 자신도 마구 납득된다
빈 손으로 돌아가지 않아도 될 것 같은
순수한 설렘은 바닷바람과 손잡고 나를 흔든다
바닷가에 서 있는 이 모습이
아무에게도 들키지 않은 이 순간이
초고이자 초판본 시집이기를 꿈꾼다
큰 파도가 밀려온다
어떤 비유도 감당할 수 없는 파도가
내 몸에 들이닥친다
온몸이 시리다
얼마만인가

요요요

4호선 미아역 2번 출구로 오세요
거기 뭐가 있는데요
길 잃은 내가 있잖아요

빗소리듣기모임 청송 특집

어제 남방항공을 타고 날아온
중국 시인들과 저녁 먹고
눈가에 잔주름 몇 그려 넣은
보르헤스에 꽂혀 있는 여자시인의 말을
통역 없이 대강 알아듣는 척
고개를 끄덕거렸다
이런 것이 시가 아니겠는가
숙소에 돌아와 창문을 열어놓으니
그렇구나
이 겨울밤 통역 없이 경상북도 청송
사과밭에 내리는 빗소리의 방언
군더더기 없으니
나는 그 맛을 몸에 밀어넣고 춤을 춘다

사랑은 끝났습니다

사랑은 끝났습니다
이런 손글씨 쪽지가 붙어 있는
모르는 집 대문 앞에 서 있다면
당신은 놀라겠지
당신의 등 뒤에서 천둥치고
기상 뉴스도 예감하지 못한
거센 소나비 쏟아진다면 그제서야
몸 속에 묻어두었던 기억을 펼쳐놓고
당신은 플롯 없는 소설을 쓸 것이다
사랑은 끝났습니다를
여러 번 필사하면서 그제서야
당신은 논평 한 줄 없이
스스로 당신을 떠나게 될 것이다

봄이 오면

협궤열차를 타고
멀리 떠나고 싶을까
나도 모를 일이지
근데 협궤열차는 없어졌다지
그게 무슨 상관이겠어
걸어서 가면 되지
봄이 오지 않으면 어쩐다니
별 걱정을 하시는군
봄이 오지 않는다면
작년 봄을 생각하면 되지
시를 쓰던 봄밤을 생각하든가
벚꽃 지던 상계역 호프집을 떠올리든가
공천에서 탈락한 3선의원을 위로하든가
천국으로 도망친 여자를 불러보든가
119에 창작지원금을 신청해보든가
라산스카를 검색해보든가
끝으로 하나 더
카페라떼를 쪼옥 빨아보시든가

목차뿐인 시집 읽기

정은숙식당에서
초당순두부를 먹기 두어 시간 전
해가 지기 대략 한 시간 전
어판장 그물에서 앵미리 뜯어내는
어부들 손놀림 사이로 나갔다 들어갔다 하는
항구 주변 실용·철학의 반짝거림을 보면서
시집 목차 읽기반을 만들기로 했다
어디 목차만 읽으실 분 계실까요?
한 분, 두 분, 세 분 다시
한 분, 두 분 그 사이 한 분 포기하셨네
바다는 이제 그만 와도 되겠다고 다짐하는 1월
돌아서면서 금방 결심을 까먹는
나를 스스로 대견해하면서
선교사 체위 같은 나날을 살아가리라
선교사는 사라지고 체위만 남아 있는
시집 목차 같은

진실에 관한 진실

주문진에서 밤
느린 박자의 파도소리
도치탕을 먹으면서 나도
느리게 생각하기 시작한다
냄비 속에서 온몸으로 삶겨지는
심퉁이의 뜨거운 진심을 보며
너는 좌파 나는 우파
그런 싸구려 신념을 기각하는
파도소리 뒤를 우회하고 있는 주문진항
내일은 고기 좀 잡히겠지
그렇게 속으면서 하루하루 산다는 어부의 말이
항구 안에 들어왔다가 갇힌 바람에 흔들거린다
그렇습니다
요렇게 맞장구 치고 싶을 때
없는 진실을 깨끗이 배신한 당신을
이제 잊기로 한다

없던 일로 합시다

없던 일로 합시다
그렇게 생각해주세요
어려울 게 뭐가 있겠어요
그러려니 하면서 사는 거지요
다들 그렇게 살더군요
대통령 그만 두면 촌에 내려가서
텃밭 가꾸면서 살면 안 되나요
누가 나랏일을 물으면
난 몰러 난 퇴직했거든
올해 배추가 잘 되었으면 좋겠어
그게 나의 정치야
이렇게 말하면서 흐릿하게 살아가는
정치가들 더러 있으면 좋겠다
11월 중순 어느 날 비 맞으며
산을 내려오는 나이 든 시인을 보았다
경호원도 수행비서도 없는 걸음이 가볍다
그의 등 뒤로 흩날리던 한 해의 낙엽
지나가던 까마귀가 입에 물고 사라진다

고개를 끄덕거리다

강릉 초당동 그 난설헌 생가
툇마루에 걸터앉아, 가벼운 넋을
휴대폰 옆에 내려놓고 앉아 있는데
무릎 밑으로 개그 같은 세월이 지나간다
바로 그 무렵
안채에서 나온 가짜 허초희 시인이
11월 목향장미 앞에서 한 줌 군독자를 위해
시를 읽는다
이런 괜찮은 시간
깊게 고개를 끄덕이는 장면에서
감독의 액션 지시를 받은 배우들처럼
대문으로 들어서는 대학생 또래가
여기는 난설헌 생가터가 아니라고 중얼거린다
이거야 원, 누구의 환상을 아작내는 거야 뭐야
앞에서 끄덕거린 고개를 취소할 수도 없는 노릇
한번 더 자연스럽게 고개를 끄덕거렸다

제발

시에 뭐가 있다는 듯이
그러지 좀 말자
그거 당신의 헛소리야
헛소리는 참소리가 죽여버린
찌꺼기라는 거 당신도 아실 거다
그러니까 열심히 말하고 남은 뒤끝
말해도 말해도 말해지지 않는 무엇
그게 헛소리가 아니고 뭐겠어
누구의 귀에도 담길 수 없고
어떻게 말해도 딱 딱 이가 맞지 않는 말
그런 게 헛소리 아니겠어
그러니까 시를 잘 쓴다느니
시에 깊이가 있다느니
심지어 철학적이라느니
그런 개소리는 제발 마시게
당신에게 먹물 묻은 이론이 있으시다면
당신은 꽝일 확률이 높다
불 들어간다
어서 나오시게 이론 밖으로

가을 문호리에서

가을 문호리를 지나간다
지나가면 지나가는거지
허옇게 김 오르는 찐빵가게 앞
손으로 볕을 가리며 줄 선 사람들 사이로
바람 한 줄 지나가는데
나는 따라가지 않고 혼자 논다
내 곁에 남아도는 바람도 있음
꽤 멋을 낸 젊은 오토바이 휙 달려간 뒤
양평행 버스정류장에는 남은 사람이 없다
국산 팥으로 만들었다는 찐빵을
먹고 싶은 허기를 달래다가 빈 손을 내민다
빵 하나 주시오
광기에 젖은 시대에 어디에 서야 하는지 모르겠다고
자백한 가수의 말이 지방도에서 흔들거린다
평형을 지키느라 날개를 떨던 이 동네 잠자리가
빵집 냄비 뚜껑에 앉으려다가 앗, 뜨거라
도망가면서 놀라는 시늉한다
자네는 꽁지가 없구나
냄비뚜껑도 웃는다 바람도 웃는다
도망가던 잠자리
다시 돌아와 같이 웃는다
국산 팥은 확실히 맛있음

무혐의당

이게 아닌데
그런 생각 솟을 때마다 쪼그라든 순간도
만남도 찢어짐도 서글픔도 갚지 못한 빚도
이때다 하고 부풀어오른다
그럴 때마다 반성한다 결심한다
뭐 하나 제대로 해먹은 것도 없이
미친 듯 도취한 사정도 없이
너무 시시했어라
그럴 때 있지 않으신지?
그래서 당이나 하나 만들까 하는데
당명은 무혐의당
입당할 생각 있으신지요?
이렇다 할 혐의 없이 살아온 거시기들
가끔 모여서 없는 죄를 덮어주고
서로의 백기를 휘날려주기

시인의 편

파리 고등사범학교에 합격하였으나
구두 면접에서
아무런 말도 하지 않음으로 탈락하고
1937년부터 10년간 공산당원으로 활동했다는
프랑시스 퐁주
그의 첫 시집이 한국어로 출판되었다
『사물의 편』(최성웅 역, ITTA, 2019)

그리고 오늘 아침 내 앞에 온 것들
연필 세 자루, 종이컵, 탁상시계, 물휴지, usb, 에스프레소 더블 샷
폴란드 작가의 장편소설, 휴대폰 충전기, 연필로 畸形學이라 쓴
흰색 메모지,
파비안느에 관한 진실, cine cube 2019-11-27(수) 18:30
지하 2층 1관 e열 16번 문화의 날 5,000원
-회고록을 믿을 수 있나요?
=믿는다고 달라지나요?
사랑스런 나의 모든 파비안느에게

전철 3호선 경복궁역에 내려
지나가는 사람들에게 시네큐브를 물었는데
아는 사람이 없다

살아가면서 행인에게 길을 묻는 오류는
저지르지 말아야 한다
당신 길은 당신이 알아서 가라
이거겠지

중부지방 곳곳에 눈비

올 것은 오고
다시 올 것은 꼭 다시 온다
비발디 사계 겨울 전곡이 귓가에서
지지직 지직지직
그것은 음악이 아니라 한없이 다정하고
맑은 나만의 잡음이었을 것
비발디에게 미안해 카톡을 보낸다
건널목 신호를 위반하고 돌아와
내가 가진 것보다 더 많은 것을 내려놓는다
그리고 페이스북에 떠도는
알 수도 있는 사람의 시에 좋아요를
꾹 누르면서
누군가 또 한 사람을 건너간다

첫눈 오셨네

여기서 도망쳐야 한다
눈뜨면 어제를 복제한 아침이 오고
라디오는 잡음으로 투덜댄다
시는 시인들의 트림일 것이고
대통령은 비서가 써준 A4를 줄줄 읽겠지
국회의원들은 뭔가 해먹을 궁리만 할 것이고
장관들은 제 자식 유학 보낼 생각
아파트 사들일 생각으로도 바쁘다
학자는 논문 쓰기에 바쁘고
시인들은 시쓰고 자기 시 읽느라 정신없다
페이스북에서는 페친들의 살림이 걸려 있고
좋아요를 누르는 공허한 손가락들
루이 암스트롱이 부른 장밋빛 인생의 앞부분에 들어가는 긴 트
럼펫 솔로를 들으면서 나는 어긋난 슬픔을 어금니 사이에 넣고
천천히 깨문다 개새이들 상계동 일대에 수줍은 첫눈 내렸다 대설
에 내린 공식적인 첫눈 기쁘다 첫눈 오셨네

시를 수정하면서

시를 쓴다고 하면
어떤 사람은 놀라는 척
습관적인 액션을 보여준다
부끄럽습니다
그런 리액션으로 대꾸한다
서로 속이는 순간이다
5만원도 받고 3만원도 받는다
정가 5만원짜리 시가 있고
3만원짜리 시가 있는 셈이다
원고료를 떼먹는 문예지도 있는데
예를 들자면…… 생략하겠다
수금하지 못한 원고료 생각하면
공사대금 받지 못한 노동자들이 떠오르고
배추밭 갈아엎는 농민의 모습이 지나간다
세상은 그런 곳이다
값을 매길 수 없는 고가의 시는
시장에 출하하지 않기로 한다
그냥 남들처럼 3만원
5만원짜리 시만 납품할 것이다
물량이 넘쳐서 팔지 못하고 파일에 쌓인
재고를 볼 때마다 나는 절로 그윽해진다

이쯤에서 문단과 출판시장을 개탄하고
시를 읽지 않는 독자를 탓하는 결구를 기대했다면
당신은 나를 모르는 사람이 된다
여기까지만 쓴다

방랑시인

탁발승처럼 구걸하면서
한 푼 줍쇼
맨발로 프라하의 거리를
리스본 뒷골목을 어슬렁거린다
시는 한 줄도 생각하지 않을 것이다
무일푼에 성공한 방랑시인이 되어
거리에서 매캐한 휘파람을 불면
쿠키 한 조각이라도 생길지 모른다
반 조각도 좋다
며칠 굶어도 시는 쓰지 않을 것이다
지나가던 노부인이 던져주는 지폐 한 장
고맙습니다
부인이 묻는다
어디서 오셨수?
동쪽에서 왔습니다
사라진 리스본댁 등에다 인사한다
시인은 무릇 인생의 여백이다
말을 조이고 닦고 기름칠하다가 지겨워서
소총 옆에 누워있는 병사와 다를 게 없다
내가 꿈같은 시 한 편을 쓰게 된다면
말이다 그때 그 시 몇 줄은 환상을 위해

헌신한 시인에게 주겠다
나머지 시인들은 굶겨죽여야 한다
동지들 무덤에 비석을 세워주고 비문을 새기자
당신은 열심히 잘못 살았더니라

지난 밤

지난 밤 나는
오랜만에 낯선 꿈을 꾼다
초봄 같은 공기를 휘감으며
가벼운 산행을 마친 날이다
꿈에 나는 누군가와 만나
커피를 마신다
요즘 어떤 시를 쓰냐고
누군가가 물었다
그저 실패하는 시라고
나는 대답한다
누군가는 내 손을 잡는다
다정하다
나는 웃는다
실패하는 웃음이다
누군가도 웃는다
누군가와 헤어지고
꿈밖을 나서는데
거기 또 누군가가 기다린다
내 시집을 내밀면서
사인을 부탁한다
오늘부터 사인을 하지 않는다고

누군가에게 말해주고
천천히 다른 꿈 속으로 들어가다가
잠도 깨고 꿈도 깬다
이 장면을 시로 남기고 싶어서
한글로 옮겨 놓는다

서정시 쓰는 밤

거나하게 살면서
서정시를 쓰는 밤이다
미량의 서정은 말라버리고
각질만 남은 정서를 물수건으로 닦아낸다
별은 없다 바람이 없어서 좋은 밤이다
언어의 앞과 뒤 그리고 자간에 낑겨서
숨넘어가는 말도 있다
어서 내게 시를 읽어주게
무미건조한 시만 읽어주게
증상 없는 시가 좋아
극소량의 서정만 있으면 된다
자기 생각에 몰두한 시는
딴 데 가서 알아보시게
자정 넘은 시간에
남의 집 대문 두드리는 시도
큰소리로 리듬 빼고 읽어주면 좋겠어
서정을 도려내는 밤이고 싶어
수정한다
언어를 넘어가고 싶어

식기 전에 드세요

잘 계시지요?
적조했습니다
요즘도 시 쓰고 낭송하고 그러시나요?
언제는 두 명 앉혀놓고 읽으시더군요
대단하십니다
한 명도 없는 곳에서 낭독해보고 싶은 꿈은
아직 이루지 못하셨군요
성공하시길 바랍니다
별들아 꽃들아 그 옆에 잠든 노숙들아
거덜난 남자여 늙은 남자여 화장 지운 할머니여
제대군인이여 낙선한 지방의원이여 모든 비정년 트랙이여
재미없는 소설가여 퇴고 중인 시인이여
다들 오세요
그대들을 위해 화전을 부치고 싶습니다
식기 전에 드세요

제본소 골목

을지로 인쇄골목을 지나다가
몸에 스미는 잉크냄새 때문에
지나간 날의 기억이 까무룩 열린다
시도 소설도 늙은 평론가의
서평도 젊은 인쇄공의 눈빛도
또렷하게 찍어내던 그 잉크냄새
시를 쓰기 위해 밤을 새웠다면
밤은 사실이었을 것이지만
시는 위조였을 것이다
내가 그랬으니 남들도 그랬을 것이다
이제 생각은 제본하지 말자
파본만이 나의 것

썼다 지우는 서정시

오다가 만 전화처럼
눈은 허공에 정지했다
12월의 끝물도 다 쓸려가는 무렵
합정역 5번 출구 뒷길을 걸어가면서
우리는 미완의 서정시처럼 헤어지고
나는 나와도 영영 멀어졌다
여백으로 남겨 둔 다음 줄
서로가 말하지 않고 비워 둔 혀끝에
오늘 밤 함박눈 내리면 좋겠다
죽었다가 문득 살아와서
이 길 다시 걸어볼 것이다

자판연습을 위한 시

나도 모르는
초면의 어떤 마음
그런 게 있다

밤길을 걸어간다
이 문장 한 열 번쯤 쓴다
그러면 나는 정말 밤길을 걸어간다

한번 가면 오지 않는 짜릿함
너무 좋지 않니

선생님 서적 나온 거 축하해요
(시집을 꼭 서적이라 발음하는 사람
말릴 수도 없고)

전성기 지나간 테너의 노래는 슬프다

전성기도 가져보지 못한 테너의 소리가
더 깊은 이유는 뭘까

*

봄의 시작은
모르는 사람한테서 전화가 걸려온 날이다

*

내가 쓴 시를 내가 읽는 밤
탁상시계가 걸음 멈추고 듣는다

*

늦은 밤 깨어나 듣는 빗소리
마음 저 시골이 아득해진다

*

나는 시가 뭔지 모르겠어

*

손님이 없어 공연이 취소 된
찰리 파커의 재즈처럼

*

내가 미처 몰랐던 건 당신이 아니라
언제나 나 자신이었소
이 나이 처먹도록

　　　*

100% 시

오지 않는 시

내게도 그런 시가 있을라나
자정 무렵 소낙비 그친 시간
고요함을 배경으로 홀로 앉아
만져보고 싶은 시
언젠가 생각 없이 걸어갔던
덕수궁 돌담길 나도 모르게
돌 하나 쑥 뽑아들고
늦가을 모퉁이를 돌아가고 싶다
내게 오지 않는 시
그 돌이 그것이었을지도

조금 쓸쓸하면 어떤가

열한 시 시보가 울린다
모든 관계는 소진되었으나
읽어야 할 책은 쌓여 있다
자고 일어나면 다른 시들이 쏟아진다
시인은 수상 연설을 한다
열심히 쓰라는 채찍으로 알겠다는 레토릭
상금은 부럽지만 채찍은 부럽지 않은
밤
밖에는 눈이 내리는 모양이다
어제는 아끼던 장갑을 잃어버렸다
무엇을 아꼈다는 생각을 십 분 동안 명상함
외출하면서 없는 장갑을 다시 잊어버린다
시인이 전철을 기다린다는 내용이
전광판에 떴다가 사라진다

렉이 걸린 꿈

택배가 한 손에 빗방울 들고
다른 손에는 이루지 못한
꿈 한 박스를 들고 문 앞에 서 있다
발신자는 아랍어 인쇄체로
야한꿈유통이라고 찍혀 있다
잘못 배달된 시집은 반송하고
꾸다 만 꿈을 이어가기 위해
산으로 출발하는 뱃전에 기댄다
새벽녘 비
렉이 걸린 폰을 흔들어 깨운다

너무 많은 시

시가 많다
툭 하면 시다
삶이 어지럽다는 뜻이다
해야 할 말보다
하지 않아도 될 말이
많다는 뜻이다
해변에 파도 밀려오듯
밀려오는 족족
깨어지듯
깨어지는 족족
다시 살아나듯
시는 일 없이 밀려와
하릴없이 사라진다
책상에 엎드려 시를 쓸 때
시는 사라지고
시의 국물만 흥건하다
조용히 원섯해야겠지

자네 여기 웬일인가?

가지 않는 배

배가 간다
배는 묶인 채로 아무 생각 없이
그 자리에서 물살을 가른다
묶여 있어도 배는
날마다 물결 위를 가고 있다
배의 생각도 그렇다
바람 싣고 구름도 실었으니
배는 종일 만선인 셈
철학도 실어보고 무념무상도 실어보지만
가라앉을 것이 걱정되어
물 속으로 공허감을 묻어버리기도 한다
가지 않는 배는 어차피 가는 배다

나에게 안부를 전한다

요새는 날 찾는 데가 없다
그래서 한가롭다
그래서 좋다
그래서 거의 행복한 수준이다
전화는 보험사 전화를 포함해
한 달에 세 통
문자메시지는 없다
그 또한 즐거운 일이겠고
휴대폰 실험도 할 겸
친구한테 전화 걸면
뭐랄까 반갑다기보다
괜히 걸었구나 싶어서
후회하면서 끊는다
시 쓰느라 여념이 없는
시인한테도 전화하지 않는다
비 내리는 날
꿈자리 좋은 날
더없이 다정한 문체로
그리웠던 목소리로
나에게 나는 안부를 전한다

오후의 3월

친구가 보내준 등명해변의
올괴불을 확대해보면서
3월 오후를 살고 있다
몸 속에서 서걱거리는 실바람소리가
늦은 오후를 젊잖게 흔들어놓는다
구급차 사이렌 소리에
개 머루먹듯 삼켜버린 날들이
3배속으로 묻어간다
눈 앞에 나타난 생강꽃 한 송이
두 송이, 또 한 송이
부질없음을
다른 부질없음으로 덮으면서
누가 알까봐 누가 모를까봐
빈 방을 돌아본다

그저 그런 시

근사한 발명이라는 듯
시를 쓰고 있다
시를 쓰는 것은
얼마쯤 나를 속이는 일이다
얼마쯤 나를 해방시키는 일이다
거짓이라곤 눈꼽만큼도 없다는 듯이
살고 있는 내가 아무래도 위대하다
대단한 모험이다
매일매일 그런 나로 살고 싶다
제1회 강릉국제영화제 폐막작으로
강릉아트센터에서 상영된 밥 딜런의 공연 실황
'돌아보지 마라'
2층 B블럭 14열 16번
2019년 11월 14일 오후 7시 00분 (목요일)
사람들은 조금씩 옳고
조금씩 옳지 않다고 밥 딜런은 설교한다
1967년에 만들어진 다큐멘터리를 보면서
나는 척추에 들어가는 힘을 눌러야 했다
너무 어렵지 말고 쉽지도 않은
그저 그런 시만 쓰자

어부와의 서툰 문답

사천항 방파제를 걷다가
통행금지팻말에 저지당하고
어판장으로 돌아나오는데
몸통 굵은 시멘트 덩어리가
서로 서툴게 부둥켜안고 있다
진정한 사랑의 모습인가

저거 이름이 뭡니까?
삼발이오
발이 네 갠데요
그럼 사발이겠지
어부의 말끝을 파도가 물고 갔다

밤 아홉 시 사십 분

지금 시각 밤 아홉 시 사십 분
아무도 궁금하지 않은 시간이 흐르다가
내 앞에 뚝 멈춘다
소프라노 홍혜란이 희망가를 부르는군
이 풍진 세상을 만났으니 너의 희망이 무엇이냐
나는 스마트폰에서 근무하는 것으로 충분함
누가 말한다 시나 쓰자 시나 쓰자
마스크 쓰고 벙어리 시나 쓰자
이번엔 空一鳥飛의 목소리로 말한다
어디서 저런 시인들만 나오는 거야
젊은 테너의 목소리에 매달려 나는
허공으로 사라질 거다
나는 나의 객원시인이었음
시립합창단이 합창하는 산유화가
오늘의 끝 곡이다
내 하루가 저만치 혼자
철없는 홍매화 옆을 지나간다
밤 아홉 시 사십 분
사십일 분 사십이 분

운명

시인은 운명이다
맞다 나는 그렇게 생각한다
운명이 시라고 고쳐적는다

운명은 무결정적인 것
그저 대책 없이 움직이는 것
오늘 종로 몇 가에서 한 20년 만에
맥락 없이 옛친구를 만난 것도 운명이다
갑자기 생각나지 않는 그의 이름
흘러간 물이 친구의 등뒤에서 출렁거리더니
이윽고 내 쪽으로 넘쳐 홍수가 된다

어, 어 하면서 서로 믿고 싶지 않은 장면을
헛손으로 만져보는 시늉을 하면서
(운명의 신이 컷! 할 때까지)
빈 손을 잡고 흔들었다 그리고
차 한 잔 없이 각자
가던 길을 마저 간다

카톡

잘 지내?
잘 지낼 수밖에 없어
전에 말했던 재즈 보컬 까먹었다
나윤선
아니 외국 여자
니나 시몬
이름이 시적이야
촌스럽잖아
요새는 구식이 좋더라구
바로크음악회에 갔다며
아니 술자리에 갔다
잘 사는구나
잘 살 수밖에 없어
여기 눈 온다

올해의 시

12월이 되고 보니 세상 다 끝난 듯
마지막 달력 뒷장에서 무엇이 튀어나올까
궁금
밀려오는 생각을 손으로 막아본다
바닷가에서 다섯 번 파도를 봤고
친구 차에서 한번 쇼팽을 들었다
(찐빵은 황둔 것도 맛있음)
모르는 연주자의 모르는 연주를 들었다
페소아의 거리를 상상한 것도
올해 기억할 나의 생활이다
내년에 리스본에 갈지도 모른다
영영 못 갈 수도 있다

100년 이하의 고독

뉴욕에서 10년 살고
100년 이상의 고독을 느껴보아야
뉴욕사람이라고 하더라
누가?
검색해보시고

시집 여러 벌 내고도
시인이라는 사실이 두루 미심쩍어
또 한 벌의 시집을 세상에 납품하려고
남들처럼 시인의 말 따위를 끄적이다 보면
급물살을 타고 급행으로 오는 게 있다
이 요란한 시적 깨우침의 순간
나의 시는 나의 헛소리였어

팥배나무 그늘 사이로
100년 묵은 고독 그 이하
의 고독이
지팡이를 짚고 길을 나선다
외롭거나 말거나 가던 길 가시라
사랑스런 문학적 헛소리와
그 의미를 격멸하며 나아가시라

홀홀단신° 길바닥에 나앉아
민망스런 일인용 고독을 영접하시라

° 이 비표준어의 실감이라니

시창작 개론

알바생이 건네주는
거스름 같은 저 웃음이 좋네
시 같어
1930년대 시 같어
외롭지만 자존심이 있던 시들
내게 와서 잠 못 이루게 하던
시 구절 닮은 웃음
누군가 어깨 툭 치면서
좋은 시 많이 쓰시게
그렇게 속삭이는 듯 하다
좋은 시 그런 건 없다
알바생의 우수리 같은 저 웃음끝
그만큼이면 딱 좋겠어
시가

자네 여기 웬일인가?

저속한 시를 쓰고 싶은데 생각해보니 내 시는 충분히 저속한 구간을 지나왔음이다. 그러니 새삼 저속해진다고 해도 달라질 게 없다. 오늘은 뱅뱅사거리를 지나서 교대 쪽으로 걸어갔다. 파리바게트에서 커피와 빵을 집어들고 거리가 보이는 의자에 앉아서 커피를 마셨다. 옆에 앉아서 십분 전에 중년을 막 넘긴 남자는 이곳저곳에 전화를 건다. 소상공인의 포즈다. 지금 와서 이러시면 어떡합니까. 소상공인이 목소리를 키운다. 그때,

누가 나를 보고 인사한다.
한양대에서 강의를 들었다고 한다.
그게 언젠데 지금 와서 인사까지 하는지.
자네 여기 웬일인가?
저는 서초동 삽니다.

고추 말리기 좋은 날

통주저음을 물었더니
성가대를 지휘하는 친구는 지금 머리 깎으러 가니 갔다와서 알려
주시겠단다 몰라도 알 것 같은 게 있는데 내 죽은 뒤도 그렇다 초
가을엔 온통 그렇다 한참 뒤 친구의 긴 학구적인 설명이 도착했
다 여차저차 이러쿵저러쿵
묵은 안부처럼 가을엔 가슴 밑바닥을
통으로 흔들고 가는 저음이 있다
친구의 설명에다
생각 없이 밑금을 긋고 답장을 쓴다
고추 말리기 좋은 날

밀란 쿤데라

요새는 재래식 시가 좋아진다. 좀 뻔하고, 좀 구식인 상상과 좀 구태의연한 비유도 좀 친절하게 용납된다. 누렇게 바랜 책을 버리지 못하면서 그렇다고 읽지도 않으면서 미련을 떨고 있는 나를 어떻게든 이해하고 싶다. 시와 중고책 그리고 좀 시들해진 나.

오후 두시
상계역 1번 출구
내가 흰 마스크 쓰고 서 있다.
누구든 좀 만나고 싶다고 생각하는 순간에
11번 마을버스에서 지팡이를 짚은
밀란 쿤데라 옹이 내린다
낯설고 생경한 이번 생이
내 앞에 막 도착하고 있는 셈이다.

거지 같은 시 한 편

쓴다 또 쓴다 그리고 쉰다
하루 이틀 사흘 혹은 한 달 그리고 일년
쓴다는 것은 산다는 것이다
슬프고 찬란한 순간을 길게 늘여놓고
그 위에서 물구나무를 선다

무슨 뜻인가
내가 써놓고 나도 모른다
그래서 내 시는 아직도 거지 같고 돼지 같고 천치 같다
거지도 돌아보지 않는 미안함이고 황당함이다
뭔 소린지 모르는 순간마다 울컥
한번도 쓰지 못한 진짜 시가 울렁거린다

이런 저녁

이른 어둠이 나를 찾아왔다가 혼자 돌아서는 시간이다. 모르는
당신을 나도 모르게 불러보는 날도 있군요. 당신은 누구신가요.
나는 아무것도 생각하지 않고 텅 빈 몸 하나로 당현천을 따라 흘
러가고 있는 중입니다. 한순간의 느낌만으로

미처 피지 않은 산수유 가지 끝에 맺혀 있는 사람.
당신은 누구신가요? 혹시
에이, 설마 당신은 아니겠지요?

리바이벌

전에도 쓴 적 있는데
아무도 읽지 않은 것 같아서
조금 다른 버전으로 한번 더 쓴다
일종의 리바이벌이다

내가 이 나이에도 낮밤 없이 시를 쓰는 것은 나마저 시를 안 쓰면
한국 시단이 멈출까 걱정되어서가 아니라 내가 시를 쓰지 않아도
한국시가 평평 잘 돌아갈 것이 걱정되어서 시쓰기를 멈추지 못하
는 것이다

(몇 줄 더 썼는데 삭제했다가 변심해서
되살려보려니 생각나지 않는다
문장도 삐치는가 보다)

계속 시가 태어나는지?

집콕하다 보니 박시인 생각이 나는군요.
어떻게 지내는지?
가족은 편안한지?
계속 시가 태어나는지? 황동규

강릉에서 돌아오던 광주-원주고속도로 어디쯤에서 문자를 받는다. 벚꽃들 나름대로 피고 나름대로 지는 시간이다. 나는 어떻게 지내고 있는가? 나는 나에게도 대답해야 한다. 그럭저럭이 좋을 것인가 그저 그렇게가 좋을 것인가를 두고 잠시 숙고. 어떤 설명도 내 삶에 가 닿지 못하고 스러지는군. 2020년 4월 12일 코로나 일요일. 강릉집 마당에 상추 몇 포기 심고 물을 주고 나니 때마침 비가 내렸다. 내 일은 이렇게 내일이 없다. 선생님, 저도 제가 어떻게 지내는지 모르겠습니다. 학교에 있을 땐데요. 연구실에 학생이 갖다놓은 화분에 매주 월요일에 물을 주었지요. 종강이 임박했을 무렵 지나가던 학생이 말했습니다. 교수님, 그거 조화에요. 헐! 여기 읽으시면서 제게도 들리도록 크게 웃어주시면 고맙겠습니다. 오랜만에 저도 턱없이 웃고 지나갑니다. 이러고 삽니다. 시가 태어나다가도 멈칫 하고 돌아가는 뒷모습이 보입니다. 선생님 신작시집이 뜰 때가 된 듯 합니다. 보중하십시오.

디지에게 한 표를

1963년 몬터레이 재즈 페스티벌이 열리던 즈음에 아프리카계 재즈 뮤지션들이 지지할 당이 없자 디지 길레스피가 대통령 출마를 선언했다. 백인을 연상시키는 화이트 하우스를 블루스 하우스로 바꾸겠다는 공약도 선언했다. 참고로 역대급 내각 명단을 살펴 본다.

국무부 장관: 듀크 엘링턴
국방부 장관: 맥스 로치
평화부 장관: 찰스 밍거스
농림부 장관: 루이 암스트롱
노동부 장관: 페기 리
보건복지부: 엘라 피츠제랄드
CIA 국장: 마일스 데이비스
국회도서관장 후보: 레이 찰스
재즈교육위원회 후보: 카운트 베이시, 우디 허먼, 카멘 맥레이
로마 바티칸 대사 후보: 매리 루 윌리암스

석양 대통령이라는 직함을 가진 신사가 자전거 꽁무니에 막걸리 병을 싣고 삼십리 시골길 시인의 집으로 놀러가는 스칸디나비아°에 가보는 일을 버킷 리스트에 추가한다. 2020년 사우스 코리아 4·15 총선 결과를 지켜보면서.

° 신동엽의 「산문시 1」에서.

124

생각이여

오늘은 사랑에 대해 생각한다.
사랑은 있는가. 있다. 있겠지.
사랑이라고 혼자 발음할 때까지는 그렇다.
입술이 닫히면 사랑은 없던 일이 되고 만다.

사랑이 있다고 생각하고 싶은데
생각처럼 생각은 움직이지 않는다.
오늘은 사랑에 대해 다시 생각한다. 사랑은 없다.
없다고 생각하자 그제서야 움직이는 사랑.
생각만으로 움직이는 사랑.

사랑이여,
오늘은 방향 없이 반짝여다오.

얼굴 가린 바람

이 나이에 무얼 하겠어요
조용히 이 나이를 검색하는 아침
얼굴 가린 바람이 불어온다
불어라
더

생일

허름하게 생겼으니
허름한 옷을 입고
허름한 말을 하고
허름한 생각을 하면서
허름하게 살아간다
예술원 회원이 아니면서
예술인 폼을 잡고
동네 카페에서
다른 날보다 다소 고급한
표정을 지어본다
어색하지만
오늘이 내 생일이거든

무정부주의자

나도
누구처럼 무정부주의자인가?
그럴지도 모르겠소
매일 연극처럼 벌어지는 나의 삶도
나는 구경하듯 지나가지요
시
시 얘기는 그만합시다
봄날엔 참꽃 한 떨기 섬기면서
지나가기도 과분하거든요

잠깐이다

시인 김영태 10주기 전시회를 보러
청운동 류가헌에 갔던 일도 어언
3년 전이다 더 됐는가?
슬쩍 하고 싶었던 피아노 그림과
허리를 구부린 발레리나 앞에서
생각 놓고 심심하게 서 있었다
전시장을 나오니 갈 데가 없어
정류장에서 버스를 기다렸는데
기다리는 버스는 오지 않았다
나는 아무것도 기다리지 않았던 것이다
슬프다고 해야 할까
슬픔이 연착했다고 해야 할까
나도 말이다 어느 새
草芥°의 육필 사인 같은 풍경인이 되었던 것
유사품이었던 것

° 김영태

시

선생 시는 쉬워요. 쉬워도 너무 쉽거든요.
바닥이 보입니다. 헷갈리게 쓰시면 논평가들도
좋아할 겁니다. 말할 거리가 있잖아요.
쉬운 시는 읽을 건덕지가 없어요.
쉽게 쓰는 게 어렵다는 건 거짓말이오.
어려운 시가 훨씬 쓰기 어렵습니다.
시인들한테 물어보세요.
시라면 며칠은 물고 빨게 있어야 하거든요.
거듭 말씀드리지만 난삽하게 쓰세요.
쓴 사람도 무슨 말인지 모를수록 좋습니다.
있지요. 알 듯 말 듯. 그런 게 시랍니다.
누군가 읽고서 시가 좋다고 말했다면
시를 잘못 쓴 거지요.

서정시

남부터미널에서 물었다
리스본까지 얼마나 걸리나요?
두 시간 후면 도착합니다
오늘 리스본은 매진입니다
창구 여자는 친절하게 대답한다
감사합니다
인사하고 돌아서는데 입구 쪽에서
두 청춘이 마스크를 쓴 채로 키스를 한다
내일 다시 터미널에 나와 봐야 하나
어디 가서 커피를 마시고 싶다
언젠가는 리스본에 도착할 것이다
가면 돌아오지 않을지도 모른다

서정시

지금 책상 위에 아무렇게나
뒤죽박죽의 건축학으로 쌓여 있는 책들
당신은 누구십니까?
내 정신도 저렇게 헝클어졌다고
사정을 말하지 않을 수 없다
잠 오지 않던 밤도 상, 하 두 권이다
한국어로 설명할 수 없고
번역할 수도 없다
나의 헝클어짐은 그래서
아무도 읽으려 하지 않는
시가 되고 만다

서정시

생각해보세요.
나이 들어 무슨 시를 쓰시나요.
안 그래요?
할 일 없다는 뜻이지요.
그 나이에 시 쓰는 사람 없을 걸요.
그 나이는 몇 살이지요?
제발, 국으로 사세요.
딴은 그렇습니다.

종로 5가

이 길로 쭈욱 가면 독립영화관이 있고
없어진 종로서적 건물도 나온다
나는 옛날 사람이다 외계인이다
곧 외계인이 될 사람들이
거리에서 담배를 피우면서
십시일반 포옹을 나누고 있다
저렴한 짝퉁이념을 손에 들고 있다
그 현대문학사가 있었다는 종로 5가
원고료를 받고 이 골목 어디선가
선짓국에 대폿잔을 들어올렸을 시인들의 근육
트위터도 페이스북도 없이
무슨 재미로 그들은 시를 썼을까나
장사 안 돼서 죽겠다는 상인 옆에서
나도 가늘게 한마디
시도 안 팔리고
미치겠어요

내일이면 잊으리

미쳤구나
이 날봄에 목쉰 시를 섬기면서
거절당하는 시를 작성한다는 것은
우울한 작별이요 쓰린 도착이다
어디선가 기적소리
한밤에 소리죽인 울음
작별하는 문장
기러기 날개에 묻은 노을이 내게 온다
가감 없이 내게 말한다
세상에 쓸모 있는 것은 다 쓸모없다
쓸모없는 것은 더 쓸모없다
내 말 잊지 마세요 내 말
지금 들려오는 아홉 번째 파도소리
악보를 벗어나 길잃은 재즈 한 가닥
시인의 생애 한 편
왕빙의 길고 긴 다큐멘터리
쓸쓸하고 덧없이 아름답지만
내일이면 잊혀진다는 것을

고맙소

내 독자는
이웃집 할머니
매일 경로당에서 고스톱을 친다
내 독자는 친구의 세 살 난 손주
공룡만 가지고 논다
화요일이 정기휴일인 상계동 이발관 주인
손님 없는 날 목련을 내다보고 있다
이발관 의자는 딱 두 개
살구꽃도 막 피어나기 시작한다
그들이 내 시 정기구독자다
고맙소
시인님 이건 무슨 뜻이오?
나도 모르오
쓴 사람도 모른단 말이오?
그게 시거든요

상냥한 시인

상계역 앞 벚꽃이 피던 날이었네
노천카페에서 굽어본 먹자골목의 불빛들
반짝일 때 반짝이고
상냥할 때 상냥하자
여자든 길고양이든
좀도둑이든 법정구속된 교수이든
내 말이 그 말이다
한반도의 난분분한 사람들아
각자도생으로 화들짝 피어나시라

무제

밑빠진 독에 물을 붓는다
그게 내 일이다
반직업으로 삼고 살았으니
스스로 장엄하다고 칭찬한다
무슨 말이냐구 물으시는군요

시 따위는 치워줘

가수 조영남은 소설가 이제하가 만든 '모란동백'을 자기 장례식에
서 불러달라고 부탁했다 이웃나라 소설가 무라카미 하루키는 음
악 없이 조용히 가는 것이 좋겠다고 했다 한 술 더 뜨는 그 말에
나는 살짝 놀랐다 재즈 한 줄도 없이 가다니 시인도 아니면서 그
렇게 멋진 결론에 도달하다니

아저씨는 시를 썼으니까 막판에 어떤 시를
읽어주면 좋겠냐고 은근히 물어준다면
나도 시 한 줄 없이 조용히 가는 게 좋겠다고
말하고 싶은데 표절 같아서 바꾼다
목소리 깔고 낮고 짧게
(옆사람 안 들리게) 말하자
시 따위는 치워줘

한번 살아봐야겠다

시도 가끔 써야겠다
한동안 시를 쓰지 않았더니
시를 어떻게 쓰는지 잊어버렸다

열심히 살 때는 사는 길도 보이고 이런저런 남의 살림도 보였는데
지금은 잘 보이지 않는다 무상무념 삶의 매뉴얼 같은 게 있다고
믿으며 살 때도 있었다 나는 이제 그런 허구에서 튕겨져 나왔다
오늘은 비도 오고

나가서 한번 살아봐야겠다

올해의 인물

주말을 기다리기 너무 지루하다
중간에 주말이 한번 더 있었으면 좋겠다
불금도 두 번이 되겠지
이걸 공약하는 후보에게 투표하겠다
식당에서 마스크 쓰고 설렁탕 먹는 여자
동네포차에서 마스크 쓰고 소주 마시는 노인
자기는 마스크 쓰고
마스크 쓰지 않아도 된다고
떠들어대는 남한의 국무위원들
그대들이 2020년 올해의 인물이다
계간 남코리아문학에서 시 청탁을 받고
교양 있게 사양한다 시는 인공지능에게
시답잖은 고뇌도 그대에게 맡김이 좋겠다

나의 칠십

이 나이 먹어도
배는 부르지 않지만
뭐 이렇다 할 게 없다는 것은
간추린 나의 자부심이다
어디 한번 앞장서지도 못하고
누구를 크게 용서해보지도 않았다면
그런대로 성공적인 삶이라 하겠다
내 시는 누구도 괴롭히지 않았으며
누구의 가슴도 흔들어주지 못했다
그것은 실로 대견한 문자의 힘이다
그 또한 내 시의 큰 보람이다
이만하면 괜찮은 거지?
내가 칠십에게 묻는다
더 내려놓으시게
내려놓고자시고 할 게 없다니까요
그럼 계속 들고 있으시게

오죽하면 시를 쓰겠니

오죽하면 시를 쓰겠니
시 쓰는 사람의 간절함은 믿는다
농담도 이해하고 허풍도 믿게 된다
그의 세계관이랑 패션이랑 싱거운
주정마저도 경청하고 거들게 된다
시인이 봄비를 맞으며 걸어가는 모습도
1년 만에 환하게 진짜 환하게
광밥처럼 다시 핀 밤벚꽃 아래서
생맥주 거품을 바라보는 모습도
나는 즐겨 아끼는 편이다
좋은 시를 쓰고 싶어하는 시인의
갈망이 손에 잡힐 듯 보이지만
그대가 쓴 시는 믿지 않는다
그건 언어의 거품이기에
그건 언어의 픽션이므로

채석장

깨어지다 만 돌의 균열 사이로
바람 분다 꽃이 핀다 그 이름 참꽃
나는 시인이라는 촌스런 유니폼을 벗고
저 참담하게 깨어진 슬픔의 육체 사이로
들어가고 싶은 한순간의 외람스런 상태다
고목으로 서 있는 참나무 아랫도리에
잠시 숨결을 기대고 있는 진달래 분홍
봄날 채석장에서 입 다물고
어디선가 나를 향해 길 떠난
시간을 삼키며 우두커니 서 있다

아무도 보지 못한 장면

어젯밤 상계역 앞 밤벚꽃
오가는 사람들 한번씩 쳐다볼 때마다
한 잎씩 피고 한 잎씩 진다
본 사람 있을 거다
벤치에서 캔맥을 들고
모르는 사람과 다정하게 앉아
인생에 대해 토론하던 백수 남자
꿈밖으로 나설 때 인생은 남겨두고
쉽게 구겨진 캔만 들고
노래방 앞 골목길을 걸었다
아무도 보지 못한 장면
아무도 읽지 않는 나의 시
그 사이로 나는 혼자 걸어간다
언제나 나는 내 시를 읽지 않은
독자들의 행운을 빈다

서정시

사월의 햇살 간지럽게 부서지면서
포천 고모리 저수지
시인의 비석 위로 떨어져 내린다
떠들면서 사람들은 시비 앞을
세상 즐겁게 지나간다
마치 한 편의 시처럼
저딴 거 누구 보라고 만들었을까
다 지우고 마지막 줄만 남겨두자

추신

시 읽기 10초전
슬픔은 태연한 모습으로 온다
골목 안 깊숙한 커피집 찾아가듯이
나는 초면의 슬픔을 만나러 간다
정직하지 못하게 눌려진 건반처럼
몸에서 애매한 소리가 흘러나온다
한 급수 낮춘 비명인가
어디가 잘못 눌렀을까
마트 계산대 앞에서 마스크를 쓰고
서 있던 얼굴 가린 여자
그가 한때 나였을지도 모른다
읽은 시 망각하기 10초전
마지막 시집 교정을 보고 있을
시인에게 편지를 쓰자
내 기분도 한 줄 섞어달라는
추신과 함께 말이야

이거 무슨 경우야

무소속 국회의원 후보가 쉰 목으로
자신을 찍어달라고 절규하는 바람에
오랜만에 들른 원주아파트 화단에
늦게 핀 목련 여럿 떨어져버렸다
이런 아유 저런!
관리사무소에 전화했더니 직원은
선거운동과 목련이 무슨 상관이냐며
정색하고 투덜거렸다
그도 그렇기는 하다

진보주의자

그는 내가 아는 그는
돈도 뭣도 없다 희망마저 없다
하루하루 헛풍선을 불며
새벽 첫차를 타고 일을 나가야 하는
눈이 오나 비가 오나
그래야 목구멍으로 뭔가 흘러가는
조직 없는 하루살이 노동자다
정치적 냉담자이기에
그는 역사를 믿지 않고
매일 계산되는 최저시급만 겨우 믿는다
새벽같이 그 분이 집을 나서는 순간
역사는 그의 걸음넓이만큼 진보한다
사회관계망서비스나 유튭 앞에서 떠들어대는
당신들은 대체로 환경미화원의 작업 대상이다

아무렇지 않군요

오늘은 황매화 옆을 지나갑니다
아무렇지 않군요
혼술이라도 할까 싶은 건 어제까지요
형도 그렇소?
내겐 형이 없군
누님은 어때요?
내겐 누님도 없다
그러니 내게 공손히 묻는 수밖에
그대는 어떠신지?
나는 때로 먹통으로 산다오
선 채로 돌이 된 듯
머리맡에서 파도소리 울리고
지난 해 졌던 벚꽃이 다시 피는
복잡함도 살에 닿지요
페북 프로필 사진을 바꾼 지인에게
생각 없이 좋아요를 눌러주고 싶소
시 같은 건 몰라도 괜찮은 날이오

운수로 쓴 서정시

뜻하지 않은 금전이 들어온다는
운세를 믿어보고 싶어서
계좌를 조회했더니 입금란은 고요하다
계간지에 발표한 시 한 편 값과
시집 해설 공사대금이 들어오지 않고 있다
그거 몇 푼 된다고
그거 얼마 된다고
돈이 없으면 잡지를 접고 말아야지
남코리아 사람들 왜들 이러실까
편집실로 전화를 해야 하나
노동청 같은 데 물어봐야 되나
운세풀이를 다시 해봐야 하나
아무튼 말이지 내 말은
오늘의 운세가 맞지 않는다는 말을 하려다가
이렇게 엉뚱한 뒷얘기를 들추게 되어
쓸데없이 마음만 출렁거린다
김일성 만세를 부른 것도 아니고
이게 뭔가

혼자 노는 몸짓

라디오도 끄고 간식삼아 보던 책도
다시는 안 볼 듯이 구석으로 휙
던져놓고 요가 자세로 앉아서
논다
아무 리유가 없다
나는 세상에 놀러 온 거다
이것저것 놀라러 온 거다
난생처음 보는 저 연초록 잎들의 물결
들이마신 숨 멈춘 사이에
꽃잎 하나 떨어진다
손을 뻗어서 얼른 받아보는 시늉은
혼자 노는 나의 몸짓이다
오늘은 둘레길 다 걷지 않고
조금 남겨둔다

소행성에서 왔다지요?

광화문을 걸어간다
누구 나 본 사람 있을까요
입마개를 하고 모자는 쓰지 않았다지요
느낌 없이 신념도 없이 걸어간다지요
어제 읽은 풋내기 문장 한 줄
해석도 되기 전에 잊혀졌다지요
그 무슨 말이더라?
조립된 글자에 묻어 있는 심각함을
좀 웃었다지요 웃다보니
웃을 일이 아니었다지요

어딘지 모르는 그곳으로

잠이 오지 않는다. 오다가 끊어진다.
곡우의 밤비 소리 때문인가.
창을 열고 내다본다. 나의 잠은 오다가
길에서 잠든 모양이다.
길에서 꿈꾸고 있으려나.
클래식 채널에서 재방송이 나온다.
러시아 특집. 동갑내기 비올라 연주가의
음악이 귀에 묻었다 떨어졌다 한다.
유리 바슈메트, 첨 듣는 이름.
공연을 취소하기도 하고
곡목도 멋대로 바꾸는 연주자로 전해진다.
부럽군. 나는 왜 그런 게 질투나느냐.
울 듯 말 듯 울어보지 못한 내 울음처럼
이 밤의 불면은 혹 불면 어딘지 모르는
그곳으로 날아가겠지.
여전히 봄비가 오신다.
나의 애매한 구석이 부드럽게 젖고 있다.
중얼중얼
늦게까지 잠들지 못한 보람.

나는 그렇다네

내소사에 가봐야겠다
생각만이다
생각을 먼저 보낸다
가보기 전까지
머릿속으로만 굴려보는 일
가보면 생각과 다르겠지만
다르면 달라서 좋겠지만
생각보다 그윽해도 좋겠지만
생각에 미치지 못한다면 심심할 때
아쉬운 대목을 손질하는 맛도 있다
변산반도 끝자락에 가면 파도소리
온몸이 출렁거리겠지

물맛

아침에 일어나 냉수 한 잔을 마시고 생각 없이 생각해보니 나는
세상에 물 마시러 왔던 것 개나리 피고 지는 사이 진달래 피는 사
이 나이 든 목련 지는 사이 어느 새 나는 조용한 물맛이 되었다
십분 전까지 서글픔을 지나갔던 눈으로 하늘을 궁리한다 꽃 없
는 해당화를 흔들던 남항진의 진진한 파도소리

나는 귀 막고 들었다
슬슬 잊혀지고 싶을 때마다
잘 잊혀졌다는 무음의 카톡이 뜬다
기왕이면 캄캄하게 잊혀지고 싶은 결심을
매만지게 되는 봄밤의 바닷가에서

속절없음 예찬

눈 앞에 있으면서도 어쩔 수 없는 일이 있다 그런 일 많다 좌파라
느니 우파라느니 도대체 이런 것들 남자들은 바지 앞부분을 보
면 금세 분간이 된다 더러 가운데가 두드러진 축도 있다 뭐 어쩌
란 말인가 다들 한 탕 해먹겠다는 거 아님? 집에 돌아와 전등 켜
고 앉아 있다 명상도 아니고 참선도 아닌 속절없는 말없음의 시
간 부리나케 달려왔지만 순간적으로 바뀐 신호 앞에서 길 건너편
을 아득한 시선으로 바라보며 좌절하는 보행자 나는 그의 속절없
음을 쓰다듬는다

낙선자들, 탈락자들, 빈자들, 실패자들, 이별자들,
자살자들, 노인들, 우울자들, 고아들, 중공 우한 폐렴자들
좌회전 깜빡이 켜고 우회전 하는 자동차들
소진된 관계를 향해 10초간 묵념
속절없는 순간에만 오롯해지는 나를
왜 나는 속절없이 사랑하지 못하는가

내가 나에게 물었다

오래간만에 원주에 가서
내가 살던 빈 방으로 들어간다
반갑다는 듯이 아니 웬일이냐는 듯이
방안의 침묵은 옛주인을 맞아들인다
책들은 아무렇게나 예전처럼 그 자리에 있고
애정하던 고물 라디오도 꺼진 채 그대로다
켜면 새삼스런 음악이 나오겠지만
그러지 않기로 한다
라디오 제작회사는 30년 전에 망했는데
라디오는 낡은 채로 살아 있다
구닥다리 시 같은가?
책상에 앉아 4월이 번지는 배부른산을
손으로 당겨 확대해 본다
잠시만 그렇게 한다
괜찮어? 내가 나에게 물었다

남애

내가 좋아하지만 내 것은 아닌
동해안의 작은 항구
남애
잘 늘 있겠지
파도는 모르는 가슴에서 잠들 것이고
항구 가까이 떠있는 고깃배는
거친 사랑으로 일렁이겠지
남애가 서핑 장소로 변했다면서
막말을 섞으며 서운해하는 후배의
구석진 순심을 귓등으로 흘린다
애끼는 건 왜 다 이 모양이 되어
남의 애를 태우는지
어디 이름이나 불러보자
남애

빗소리를 필사한다

시를 쓸 때 시 속에다
이실직고 하고 나면 남는 게 없다
수락산에 산목련이 피었다든가
내가 투표한 후보가 낙선해도 아무렇지 않다든가
어깨걸림은 지각한 오십견인가 등등
그런 거는 시에 쓰는 게 아니다
시는 아는 것을 쓰는 게 아닌가 보다
나는 그렇게 믿고 쓴다

사랑해보지 않고 사랑에 대해 쓰는 거야 말로 시다 작별해보지
않고 작별에 대해 써야 시가 된다 경험이야말로 시를 속이는 적이
다 원수다 모름지기 궁극의 시는 그렇다 무슨 뜻인지 모르고 툭
던진 한마디 갔던 길 다시 가지 않기 생면부지를 향한 기다림 그
런 게 시라면 시다 교과서에서 밑줄 그으며 배운 시들 오래오래
남아 읽히는 시들 한가로운 평론가들이 달라붙어 분석하는 시들
그런 건 미안하지만 손절이다 한 시대를 대표하는 시 어쩌구 이
제 그런 엑스 같은 소리는 시들하다구요 이 달의 시, 이 밤의 시,
이 주일의 시 등등 다 너절하다는 거 늦었지만 나는 이제 안다

빗소리에 깨어 시를 쓰고 있다
아무도 말리지 않는 밤

쓸 것이 없어 빗소리를 필사하는 내가
생각보다 위대하다

저기 박세현이 걸어간다

박세현은 끝났네요
그의 시 보셨지요
그게 십니까
맛이 간 거지요

그 작자의 시는 원래부터 맛이 없었으니 맛이 갈 수도 없습니다
요 그래도 배워진 도둑질과 결별 못하고 키보드를 두드리는 그 사
람 심사도 조금은 이해를 하고 싶은 날이다 그는 근거 없는 행려
자다 목련 그늘에서 쉬는 걸 보았다는 소문도 있고 파도 위를 걸
어다니는 걸 보았다는 지인도 있다

충무로 대한극장 앞
저기 박세현이 걸어간다 걸어도
걸어도 남는 길을 지나간다
저건 무슨 장면일까
피치 못할 자작극이거나
오작동일 것이다

이번 역은 미아사거리

오넷 콜맨의 전기 영화를 보러 가는 중
프리 재즈라는 말에 끌려서 다시 말해
프리에 혹해서 전철에 올랐다
영화는 한 시간 남짓

마스크를 낀 관객들 사이에서 심포니와 협연하는 무조성의 연주
를 듣는다 심포니가 열불나게 연주하는 동안 목관 악기를 옆에
내려놓고 손님인 듯 앉아서 자신의 음악을 경청하는 오넷 콜맨의
표정에 무언가 서린다 아마도 앞서가는 자의 심심함 같은 것은
아니었을까 재즈의 화법을 부숴버린 그에게 누가 말한다 당신의
음악은 재즈가 아닙니다 그럼 뭐지? 전철 안내방송처럼 누군가
선언해주지 않으면 알 수 없는 것들이 사랑스러운 밤이다

천국김밥

상계역 앞 천국김밥에서 김밥을 말아주는 저 손을 시라고 부르지
는 않겠으나 그보다 고급진 시가 없다는 것에는 동의한다 그 이
상의 시가 나타날 수 없음도 인정한다 밤늦은 거리 나는 잘못 쓴
문장처럼 흔들리며 걸어간다
엄두가 나지 않는 말 몇 개 집합시켜 놓고
생각을 모아본다

묵은 생각은 김밥 옆구리 터지듯이
허술하기 짝이 없는 현실 속으로 투신한다
그리고 자발적으로 숭고해진다

4월의 어떤 하루

4월의 어떤 하루

1호선을 타고 인천 가는 중이다 부평역에서 다시 인천지하철 1호
선으로 환승하고 인천시청역에서 내릴 것이다 역에서 5분 거리에
있다는 구월동 명동보리밥집에서 jsh 교수와 점심 먹기로 했다 느
긋하게 걸어서 그가 오고 있는 밥집에 먼저 도착했다 만주 어디
에 온 듯한 착각을 발끝으로 누리면서 이리저리 걸어다녔다 어제
불다 남은 바람이 분다 훗날 오늘을 요약하면 인천 다녀왔다가
되고, 더 급하게 줄이면 그럭저럭 지냈다가 된다.

시인 정지돈

시인 정지돈이
외제차를 타고 다니면서 취미로 시를 쓴다는 소문이 돌았다 속
물이구나 사실은 반지하에 사는 소설가라는 걸 그의 책 『영화와
시』 36쪽에서 읽고 싱겁게 웃는다 소설가의 차가 번쩍번쩍 외제
였으면 얼마나 좋을까 정말이다

정지돈을 시인이라고 써보았는데 느낌이 좋다
다시 한번 써본다
시인 정지돈
그가 자신의 소설집 인세만으로
고급진 외제차 탈 날이 오기를
그의 이름에 돈이 붙어 있으니
걱정할 일이 없다

당신의 저녁

사랑합니다
이렇게 썼다가 지웠는데
나만 아는 자국이 남는다
본 사람 없나 돌아본다

사랑은 없고 사랑이라는 말이 있어서 그 속에 공연히 무얼 자꾸
집어넣게 된다 이삿짐 쌀 때 깨어질까봐 그릇 사이에 신문지 구겨
넣듯이 말이다 헛일도 공들이면 성스러워지더라 저녁엔 삼박자
커피를 오래 저어 마시고

혼자 생각하지 말자

혼자 생각하지 말자
천장 전등불이 나간 것을
우한 폐렴의 창궐에 대해서
약국 앞에 줄 서서 마스크를 산다는 거
보수가 완전 망했다는 것도
진보가 총선에서 의원직을 싹쓸이 했다는 사실도
혼자 생각하지 말자

죽은 줄 알았던 김정은이 평안남도 비료공장 준공식에 떡하니 나
타나 붉은 테이프를 자르고 부축 없이 혼자 걸어다니며 웃고 떠
들며 내가 끊은 담배를 대신 피우고 있다 경기 북부지역 땅값 오
르기는 틀렸다 혼자 생각하지 말자

붉은병꽃나무는 하던 대로
혼자 꽃을 지우고 있다
시 읽지 않고 시 쓰지 않기 즉
문학적 거리 떼기는 실패하고
아침에 또 한 줄 썼다

셜리 클라크가 1963년에 찍은 53분짜리 흑백 다큐멘터리에서 진
보도 보수도 아니고 나 자신이었다고 말하는 로버트 프로스트가

웃으며 숲 속으로 걸어간다 부럽다 베토벤 피아노 소나타 전악장
과 자정 넘어 흘러넘치던 테너 색소폰의 절박한 속사정도 혼자
생각하지 말자

박세현 후기

이 시 괜찮군. 누가 썼나요?
내가 쓴 시 남의 시 읽듯이
그렇게 말할 날 오겠지
물정에 어두운 내가
서점에서 시집 추천을 부탁하면
주인은 묵은 시집을 내밀지도 모른다
여기저기 읽어보면서 탄식하듯이
나는 말할 수도 있겠지
시가 좀 구리군요
이거 누가 쓴 시집인가요?
주인은 짧고 확실하게 선언한다
박세현이오
왠지

그러면 그렇지

내일은 좀 행복하자
현관 손잡이를 잡으면서
철이 20%쯤 덜 든 홈리스처럼 결심한다
꼭 그렇게 되기를
오늘은 아메리카노가 아니라
마키야또를 먹게 될지도 모른다
사람일은
한 치
앞을 모르는 법
그게 또 즐거운 미스테리
지인에게 미루었던
전화
건다
소심하게 신호 가는 소리
전화를 받지 않는다
그러면 그렇지

뒤에 다시 말하겠지만

생각이 달아날까봐 정신없이
몇 자 쓴다 미처 못 쓴 생각은
다음 줄에서 자세히 써야지
아쉽지만 아쉬운 대로 남겨두고
다음 시에서 더 자세히 쓰리라
한 편만 쓰고 말 일은 아니잖아
아쉬움도 재산이거든
그러면서 한 줄 쓰고 한 편 쓰고
또 하루 넘어간다
오늘 다 살지 못하고 남겨진 순간은
내일 살 수 있으려나
뒤에 다시 말하겠지만
뒤가 없어도 어쩔 수 없지만

사람들아

한 젊은이가 들어온다
카페다
선생님, 저 시인 됐어요
그래서?
이렇게 말하지는 못하고
나는 선생님이 아니라고 고쳐주면서
커피를 새로 주문했다
커피맛이 오늘따라 왜 이럴까
단골을 옮길까 생각하게 된다
이제 시가 좀 될 듯 한데
시가 입관되었다는 뒷소문을 듣는다
그러니 뭐 시는 이제부터군
안 그런가요?

나만의 싱싱한 특집

바쁘지 않음 편의점 가서 우유 좀 사오세요
문틈으로 아내의 목소리가 등장한다
문예지 시인 특집란을 펼치려는 순간은
솔까말 그리 바쁜 시간은 아니다

나는 시시한 특집을 덮어놓고 동네 지하마트에 내려가서 아내가
지정한 우유를 집어들고 계산대 앞에 줄을 선다 사람들이 시인을
주목할까봐 주위를 힐끔거린다 아무도 보지 않는다 다행이다 전
철에서도 분리수거장에서도 나의 생활연기력은 그럭저럭 물이 오
르는 중이다 이거야말로 아무도 모르는 나만의 싱싱한 특집이다

여기가 아닌 다른 곳

마침내 문을 닫았군
산책길에서 만나지는 어눌한 커피집이 폐업했다
오늘의 커피를 창밖에 매달아놓던 주인의 육필은 다시 볼 수 없
겠다 김밥집과 부동산 사이에 끼겨서 살아보려고 애쓰던 숨결은
먼 풍문이 될 것이고 그 앞을 지나다니던 내 걸음도 이유 없이 느
려지겠다

우리는 여기 이렇게 살고 있지만 사실은
여기가 아닌 다른 데 살림을 차리고 있음이
아마도 맞을 것이다

떠다니는 게 좋다

어제 마신 커피가 콜롬비아인가
브라질인가
아무려면 어떻겠는가만
그런 생각에 붙들릴 때가 있다
때죽나무 밑을 걸어가며 후회 없이 살아온
전생을 후회한다
떨이하듯이 후회도 미리미리 해버린 거지
하마터면 국문과 갈 뻔했다는 청년과 앉아서
커피잔 바닥이 보일 때까지 토론한다
나는 청년에게 귀만 빌려준다
고개를 약간 젖히고
눈은 반쯤 뜨고 반쯤 감는다
반쯤 보이다 말다 하는 생각들
그렇게 좀 떠다니는 게 좋다
후회에 시달리며 사는 것도 부업이다
무겁게 가라앉지는 말아야 한다
비국문과 청년이 수습하지 못한 문장이
그가 떠난 빈 자리에서 뒤척인다

봄날이 다 가기 전에

내가 말이오
입때 살아오면서
들은 말 중에 역대급은
당신이 내게 준 그 말
사랑한다는 거짓말이었소
봄날이 다 가기 전에
한번 더 듣고 싶은
그 진심어린 거짓말
말이오

미지근한 손으로

진종일
목금토일 월화수 아니 며칠이야?
거의 일주일을 비가 온다
특히 밤 시간대
여름날 산사의 마루끝도 아니고
허름한 잠 속에서 빗소리 듣는다
그러시다가 길을 놓치고 만다
너무 깊이 들어왔나 봐
나가는 길을 못 찾겠어
이 독한 꿈살이 골목길이라니
경자년 팔월 밤빗소리 기념하기 위해
미지근한 손으로 시를 쓰고
각주도 달아보았다.
내 시
읽지 않으신 분들
좋은 꿈 꾸세요 꾸벅

잘 지내시나요?

잘 지내시나요? 이런 말들
이제 나는 제대로 지쳤다
비오는 항구 주변에 차를 세우고
신맛이 과한 아메리카노를 아껴 마신다
일행에서 처진 젖은 갈매기 한 마리
텅 빈 고깃배의 밑바닥을 들여다보고 있다
저게 나냐고 묻는다면
종종 나일 때가 있다고 대답하겠다
내가 저렇게 멋드러질 이유는 없다
나는 충분히 제대로 살았을 뿐이다
앞으로는 나도 모르는 일이 기다린다
늙은 시인들의 페이스북은 더 보지 않으련다
쓸쓸하다
내 뜰안에서 조용히 져버린
붉은 배롱나무에게 전한다
잘 있는 거지?
끝으로 한번 더 전한다
잘 있으라

다음 분 질문해주세요

사기꾼이 꿈인데 서류전형에서 낙방하고
그런 뒤로 쭉 가짜 사기꾼으로 산다
모름지기 내가 쓰고 있는 시가 그것의 실천
아름답게 미칠 지경으로 아름답게
순수하게 새끼 염소보다 순수하게
본 적은 없지만 정의롭게 자유롭게
난들 그런 사기를 치고 싶지 않을까만
그 원대한 꿈에는 가보지 못하고
뻔한 사술의 언어를 만지작거린다
나도 관대하고 싶다 너그럽고 싶다
사랑과 자유를 떠드는 인류이고 싶다
마이크 들고 삼십분간 떠들고
추가 질문도 받고 싶다
다 안다는 듯이
살아봐서 알고 써 봐서 안다는 듯이
객석을 채운 독자라는 추상 앞에서
당당하게 정직하게 뻔뻔하게 시인처럼
반(半)문학적으로 말하고 싶다
다음 분 질문해주세요

픽션

내 맘 나도 모른다 근데
다른 사람이 아는 내 맘은 뭔가
이해할 수 없는 일은 이해하지 않는 게 답
내가 안다고 믿는 당신은 더 그렇다
내가 당신을 어떻게 알겠는가
그러니 당신과 나는 그리고
당신과 나 사이를 지나간 바람결은
통째 픽션이다
일종의 SF

2021년 2월 28일 14시 30분

오늘도 해변을 걸어갔다 안목에서
강문까지 이 문장 여러 번 써먹는다
그럼 뭐 어떤가 할증 요금 붙는 건 아니니까
벌써 바다에 뛰어들어 헤엄치는 남자도 있다
저런 사람 언제나 있지 저러고 싶은 몸살
내 앞엔 비키니를 입고 셀카 찍는 여자다
유튜번가? 지금 강문 모래밭에 있습니다
오늘은 2월 28일 13도
제 몸 어떠세요?
유튜버는 그렇게 말하고 있겠지
우리는 실시간 생방 때리는 유튜버다
내 동업자들도 줄창 뭐라고 중얼대지만
자기 말을 자기가 주워먹으며 배부른다
이름하여 시인이여
이런 날 이런 순간 이 날마음으로
문자 한 통 날릴 곳이 없으므로 나는
아무에게도 연락하지 않았다고 쓴다
내가 쓰고도 나는 내 언론을 믿지 않는다

레트로

봄눈 오듯 봄눈 쌓이듯
그눈 내리는 리듬으로 녹듯
골목에서 미처 녹지 못한 눈
잠시 얼어붙는다
평생 후회하는 사람
어두운 몸으로 지나간다
그를 불러볼까 망설이는 속도로
저녁눈 흩날린다
색즉시공 공즉시색
입안이 하얗게 젖었다

지나갑니다

내 등뒤에서 폭설이 쏟아진다는 상상
상상은 유일한 나의 리얼리즘이다
강릉에서 서울 오르는 길
네비의 지시를 거역하고 반대방향으로
핸들을 꺾기를 잘했다 미시령 폭설
대관령은 안개만 오락가락이니
세상 이론을 반대로 해석하는 힘도 쓸모있다
누군가 마이크 잡고 말할 때
귓등으로 들으면 저녁이 평화롭다
나처럼 마이크 꺼진 줄도 모르고
떠들어대는 축들도 없지 않으니
그들에게도 3개월 분할의 축복이 내리기를
삼일절 연휴 끝날이 끝나가는 길에서
여섯 시간 운전대를 붙잡고 속으로는
독립만세를 부른다 이렇게 지나가는구나
후렴구처럼 읊조리면서 다들 지나갈 때는
더불어 묻어서 가자 역사에 남는 거?
그건 후대에 대한 민폐다

무엇을 할 것인가

무엇을 할 것인가 답이 없다
문장을 바꾸자 무엇을 하지 말 것인가
달라지는 건 없지만 조금 낫군
무엇을 하지 말 것인가 우선 신념과 이론과
주장에 귀 기울이지 말자
그거야말로 당신들의 포르노그래피잖아 난 반대
밤낮 키보드를 두드리며 환상을 만드는 당신도 반대
유튭에서 구독을 강요하는 달변가는 무조건 반대
당신이나 잘 하세요
무엇을 할 것인가
그 생각만 며칠 더 하자
자기 시대가 지나간 인류들만 모여라
그때 못한 말 하고 싶은 동지들 모여라
신념이 없고 의견이 없고 이론이 없는
사람 모아서 모임을 만들어야 하나
그리고 명상하자 끝이 보일 때까지
다른 세상이 올 때까지

적당히 들으세요

대낮에 북독일교향악단을 들으시는군요
라디오에서 흘리는 소리지요
살만 하시나요
내겐 과한 질문이지요
요즘도 시를 쓰시는가요
쓰는 것도 아니지만 안 쓰는 것도 아닙니다
시를 읽을 이유가 있나요
없습니다
정식으로 대답하시는군요
재삼 없습니다
쓸 이유는 있는가 봅니다
불암산 절집 앞 산수유가 알아서 꽃 피우는 이유랑 그리 다를 게
없지요 필 때도 있고 피다 말다 할 때도 있습니다 피어야 하는 연
유 없이 피는 거지요 굳이 이유를 따지는 것은 기관에서 할 일입
니다
문학혁신지원처 같은 데 말입니까
그렇겠습죠
음악이 끝나가는군요 브람스인가요
적당히 알아서 들으세요

빈칸으로 남은 생각

시인들이 더 가야 할 길이 남았을까요?
이런 질문 받는다면 뭐라고 대답하나
일단 창밖을 한번 쓰윽 내다보겠지
남의 답안지 컨닝하듯이
흘러가는 구름도 일별하겠지
심각한 얼굴로 커피도 마시겠지
생각났다는 듯이
책장에서 책을 꺼내는 액션도 좋겠지
나보다 나은 시인의 시집이겠지
막 첫시집을 뽑은 시인일 거다
이렇게 읽어보고 저렇게 읽어보다가
괜스런 답이 떠올랐다는 듯이
다시 창밖을 내다볼 거다
그러는 사이 몇 장의 구름은 흘러갔고
빈칸으로 남은 생각도 흘러갔을 것이다

그 사람

나는 그가 좋네
그의 허황된 일생이 좋네
좀 그런 맛이 있어야지
허황스런 그의 말은 붙잡기 난감한
허공에 둥둥 떠다니지만 누군가의
이루지 못한 꿈을 정확하게 발설한다네
그를 빼고는 누구도 그렇게 떠들고
행동하고 일관되게 외친 사람이 없다네
그는 늘 맨 앞줄에 섰지
그는 언제나 뒤집어엎고 싶어했지
나는 그런 로맨티시즘의 신봉자
그가 없는 거리에서 스마트폰 검색을 하며
맨손을 흔들어본다네
지난 시절의 부적(符籍)이 사라지면서
역사가 쓸쓸히 종언을 고했다지 뭔가

시 이후의 시

브레이트 이후에도
광주 이후에도
예순 이후에도 시는 쓰여진다

인공지능 이후에도
시는 시 이후에도 쓰여질 공산이 크다
특히 한반도 남쪽에서는

그것은 친일문제나 국가보안법처럼
닦지 않은 뒤처럼 난감하게 남아서
누군가의 밤을 괴롭히거나 선동할 것이다
남한의 시는 그런 게 아닐까

불암산 입구

몇 사람 내려오는 늦오후
산길을 오르면서 누구 기다리는 자세로
산 초입에 우두커니 서 있던
공중전화 부스를 떠올린다
동전 떨어지는 소리 들으면서
누군가에게 전화 걸던 때가
좋았다고 말하려는 건 아니다
누구를 생각하는 건 내 생각이고
그 누구도 내가 설정한 꿈이다
괜히 궁금해져 은근히 발길을 돌려
전화 부스에 가보니 전화기는 아예
통째 없어졌다 통화 끝내고 나오는
멋쩍은 시늉하며 부스를 나선다
들려나간 공중전화는 얼마나
속이 시원했을까

지금이 아니면 언제 다시

파도가 밀려온다
안목에서 강문까지 해변길을 걷는다
괭이갈매기 몇 수직으로 떠오른다
걸음 멈추고 이 장면을 눈으로 찍는다
지나가는 오십대 여자사람이
육십대인지도 모를 여자가 동행에게 던진 말
지금이 아니면 언제 여기 다시 오겠어
그러면서 막 지금을 지나간다
눈길을 거두어들이면서 무얼 놓고 온 듯이
지나온 안목 쪽을 돌아보고 강문 방향으로
다시 걷는다 생각 없이 걷는다
생각 쏟아내고 그 자리에 파도소리 담고
걸어간다 남들 안 볼 때 지나간 여자사람
흘린 말 주워서 얼른 내 안에 집어넣고
지금이 아니면 언제 다시 이 바닷가를
생각 없이 걸어보겠는가 그러면서
그런 몸으로

다음 생

다음 생에 나는
강원도에서 태어나 그런저런 교육을 받고
지방대학에서 문학을 공부할 것이고
가방 들고 상경해서 단칸방에서 대학원을 다니고
채만식이나 박태원, 김유정 논문을 쓰다가
지방대학의 교양국어 교수가 되어 무심한 학생들에게
김소월과 최인훈과 김종삼과 김승옥과 김영태와
이승훈을 읽어줄 것이다 시간이 남으면
부코스키와 하루키와 존 윌리엄스, 홍상수, 장률,
장 뤽 고다르, 왕빙에 대해 침을 튀길지도 모른다
새가 나면 루이 암스트롱, 찰리 파커를 떠들지도
모르지만 거기까지 가지는 않고 종강할 것이다
라캉이나 지젝은 권장도서다
폐간된 계간지 문예중앙 같은 지면에 시를 발표하고
아무도 원하지 않는 시를 쓰고 시집을 내고
첫시집 제목은 꿈꾸지 않는 자의 행복이라 하겠다
시집 해설은 홍정선 선생에게 부탁할지도 모른다
퇴직하면 등뒤에서 칠판이 사라진 걸 시원하게 생각하며
주최 측이 꺼버린 마이크 잡고 떠들진 않을 것이다
다음 생에는 빗소리듣기모임 준회원 자격으로
모임 뒷자리에서 내리다 그친 밤비 소리를 들으며
자신을 위해 고개를 끄덕거릴 것이다

햇빛이 남긴 시

내 아파트는 동향
아침이면 불암산에서 떠오른 까마귀가
편대를 이루며 하늘을 가로지른다
외까마귀일 때도 있다
까마귀 지나간 뒤 햇살이 창을 적신다
햇빛 속에 찍힌 문자를 읽는다
어제 같고 내일 같고 오늘 같은 문체
담담하고 나지막하고 시끄럽고 밝다
몸도 밝아지고 추억도 밝아진다
더 바랄 게 없도록 생각이 투명해지면
햇빛은 그림자만 남기고 사라진다
햇빛이 남긴 시
손가락으로 만져본다

어느 날 구식인 채로

내가 쓸 수 있는 시는 다 썼다
고 생각한다 되새겨봐도
내 몸에 남은 시는 없나 보다

보증기간이 끝난 전자제품 고쳐쓰듯이
다시 쓸 수는 있겠지
헐거워진 문장 조이고 닳아버린 부품 같은
낱말은 요즘 것으로 바꿀 수도 있다
낡고 구식이 되었지만 어느 날 그 시를
쓰고 있던 주인은 다시 불러올 수 없어서
구식인 채로 그냥 두어야 한다
그러면 고전이 되는 거지

그게 나의 시다 내 앞에는 내가
쓸 수 없는 시만 남았다
진짜 시만 남았어

도망친 시인

우편함에는 우편물이 가득 찼고
현관문은 굳게 닫혀 있다
남의 시를 표절하고
빌린 돈은 갚지 않고
시를 가르친다는 사기를 쳤고
저질의 시를 쓴다는
독자들의 삿대질을 견디지 못하고
시인은 목하 잠수 중
그는 서울의 어느 옥탑방에서
무슨 상관이냐는 태도로 여전히
표절시를 쓰고 있을 것이다
씹던 껌 벽에 붙여놓고 나오듯이
도망친 여자처럼
시가 없는 곳으로 달아나고 싶은 날이야

° 제목이 홍상수의 것을 닮았군

나의 시

어린 날 귓전에서 울던 귀뚜리미를 찾는 시
침을 튀기며 토론하는 시
기쁨과 슬픔을 복사하는 시
내가 쓰려던 시는 그런 시가 아니다
나를 찾아가는 시
찾아서 어쩌겠다는 생각 없는 시
독자를 뒤흔드는 시
그런 시가 아니다
독자가 읽고 꽤 좋은 시군요
늘 감동받고 있습니다
그런 시가 아니다
문학상을 받고 수상소감을 날조하는
그런 시가 아니다
역사와 인류를 통찰하고 누군가를
위안하는 고매한 시
이 주일의 시
이 달의 시
올해의 시
내가 바란 건 그런 시가 아니다

력사에 남을 시를 쓰자
평론가들이 평론하고 싶어 안달하는 시만 쓰자

출판업자가 웃돈을 얹어주는 시만 쓰자
한국어로 시를 쓰려는 외국인이 늘어나는 시만 쓰자
내가 바라는 건 솔직히 그런 시는 아니다
이를테면 이미지가 어떻구 은유가 어떻구
다시 말해 기성 이론으로 설명 가능한 시는 노우
또다시 말해 문학교수, 논평가, 동료시인, 문학기자, 독립서점 주
인, 독자 대표 들이 어느 날 갑자기 동해안 민박집에 모여서 일박
이일 동안 맥주와 소주를 섞어 마시면서 토론한 끝에 만장일치로
이 시는 시가 아니라고 선언해주면 보람차겠다 ufo에서 내린 외계
인이 역시 아니라고 말해주면 더 이상 바랄 게 없다 그런 시는 써
볼만 하다

당신이 내 시 읽고 시가 좋군요
이런 덕담을 건넨다면 심각해질 것이다
내 시는 그런 독자의 이해 속에 있고 싶지 않다

잠자리 머리맡에 떠놓은 찬물 같은 시는 좋다
머리를 서늘하게 적셔주다가 아침이면
스스로 힘이 빠져버린 찬물의 온도를
나는 사랑할 것이다 그런 시가 당분간
나의 시다

통일문제연구소

거기가 어딘지
어느 길로 가는지 가본 적이 없으니
그곳은 먼 허공에 걸려 있는 등불 같다
떡가루눈 내리는 날은 양심수 구하러 갔다는
소장님의 부음이 들려온다
오지 않을 희망에 과몰입된 그의 배역을
구독하며 어제 내린 눈 다 녹기 전에
내 속에서 달아난 양심수를 찾아봐야겠다
동지는 간데없고
낡은 깃발만 나부끼는 광장을
소장님이 혼자 걸어가면서 독백한다
산 자여 따르라
죽은 자도 따르라

한국어로 시를 쓰는 일이 가능한가?

백화점 9층 영화관에서 영화를 보고
3층으로 내려와 커피를 마시고
지하로 내려가 전철을 기다린다
이 나이에 무슨 영화를 보겠다고
그러면서 짧은 혀를 찬다
살아본 날들이 모두 추리소설이 된다
시 쓰는 동지들 몇 모아서 동인을 만들
궁리를 하면서 동시에 접어버린다
동인명은 장작 동인
장작처럼 무지막지한 시를 써보자는 뜻
장작불처럼 활활 타보자는 뜻인데
다시 생각해봐야겠어
군말 없이 깊어지는 밤에
페이스북 타임라인을 기웃거린다
다들 주무시는군
거기 펼쳐진 한 무더기의 적막강산
한국어로 시를 쓰는 일이 가능한가?

휴일

두 다리는 신발장 선반에 올려놓고
팔은 서랍장 윗칸에 넣는다
꺼내기 좋은 곳이 좋다
간과 폐와 위장도 꺼내서 비닐팩에 소분
냉장고 냉장실에 넣는다
내 말도 아닌 남의 말
잘 알지도 못하는 말 하느라
단내 나는 입은 케이스에 담아
책상서랍에 넣고 찰칵 잠근다
입 꾹 다물어라
심장과 머리는 두 겹으로 싸서 냉동실에
보관해야겠다 날마다 용량 이상으로
달아올랐으니
하룻밤만이라도 식혀주어야 한다

더 읽는 시

좀 알려진 시인의 시를 읽는다
골똘한 시를 쓰는 시인이다
페이지 가득 출렁거리는 시
한 줄 읽고 다음 줄 읽고
세 번째 줄에서 읽기를 멈춘다
더 읽어야 하나 그런 생각이 온다
이 시는 무언가 많다 깊다 치열하다
그만하면 된 듯

시 속에 이렇다 할 게 없는데
자꾸 더 보게 되는 시도 있다
시 속에 없는 그것이 무엇인지 찾느라
끙끙거릴 때마다 시를 더 읽게 된다
뻘짓인 줄 알면서 다시 보고 또
읽게 되는 시

내게 너무 멋진 말

내게 너무 멋진 말
밑줄 긋고 싶은 말은 하지 마세요
그건 그대에게 필요한 말일 겁니다
입에 넣을 구운 빵 한 조각이면
나야 대만족입니다 오늘도 잊지 않고
찾아주는 태양이 있고 이웃과 나눌
최신의 공기가 있으므로
무얼 더 읽고 말고 하겠습니까
좋은 말씀은 당신에게 주세요
멋스럽고 신기하고 심오하고 깊고 넓고
웅숭깊은 말씀은 나에게 하지 마세요
그게 나에 대한 예절입니다

그럴 리가?

뉴욕행이었고 지하철 속이었다

나는 제일 앞 칸에 서 있었고 출발은 서울역이었다 두어 시간 만에 뉴욕에 도착했고 내가 가는 곳은 뉴욕대학 인문종합관 3층이었다 지하철에서 내려 초행인 대학 캠퍼스로 이동했다 봄이었고 미국인들의 말소리가 들려왔지만 그건 자막 없는 영화였다 한 정거장만큼 걸었을 때 인문관이 나타났다 오늘의 행사장인 3층에 도착하니 문이 잠겨 있고 복도에는 개미 한 마리 얼씬거리지 않았다 너무 일찍 왔는가 싶어 시계를 보니 행사시간이 십 분 정도 남았다 십 분이 지나고 이십 분이 지나고 삼십 분이 지나고 한 시간이 지나도 행사장은 감감했다 초대장의 시간과 장소를 다시 확인했다 오늘 여기서 나의 시낭독회가 열리기로 했다 주최는 뉴욕대학이었다 1층으로 내려가 교학처 직원에게 물었다 나는 한국어로 물었고 그는 미국말로 대답했다 그런 일이 기획된 바 없다는 게 직원의 대답이다 그럴 리가? 뉴욕에서 서울역까지 걸었다 꿈이었다 꿈이어서 가능했던 꿈이다

19%의 봄

건너편 주공아파트 굴뚝에서
연기가 뭉실거리며 솟아오른다
잠시 후 자기 손으로 형체를 지우고 사라진다
배경은 불암산 봄기운 19% 섞인 봄빛
간밤에 읽은 철학은 갖다버린다
근사한 생각이 오자도 없이 나를 뭉개려한다
논문 쓰고 책 내는 철학자 말고
전철역 외벽에 천막 치고 붕어빵 굽는
철학자는 상계동에도 많다
박스 접어서 수레에 싣는 노인도 많다
그래서 어쩌라구?
이게 내가 작성하는 답인가
건너편 굴뚝에서 아까보다 더
탐스럽고 몽환스러운 연기가 생산된다
매연인 듯 꿈인 듯

무얼 먹을까

오늘은 무얼 먹을까
아침엔 달걀, 가래떡, 사과, 토마토
이 정도면 많은가 적은가
점심에는 더 잘 먹자
비빔밥, 잔치국수, 추어탕, 된장국, 막국수
갈비탕, 약간 불은 스파게티
골라 보자
무얼 멀을까
저녁은 또 무얼 먹을까
찬물 반 대접에 어둠을 섞고
중불에 5분간 끓인다 우울감도 몇 방울
후회도 반 스푼(많이 넣지 말 것)
식기 전에 명상하며 떠먹는다
혼자 먹는다는 원칙을 지켜야 한다
시는 내일 쓰자

응암동

응암동에 가보고 싶다
뜬금없이 그런 생각이 떠올랐다
응암동에 무슨 추억거리라도 있느냐
그렇지도 않다 추억이라 썼지만 저 말은
그저 그렇게 쓴 나를 멋쩍게 조롱한다

추억이라니 이 말 앞에는 아나 오로 발음하면서
입이 벌어지는 탄식을 불어넣어야 뒷문장의
의미론적 율격이 단단해지는데 그러지 않았고
말 끝엔 느낌표 대신 모종의 이모티콘을
썼다가 슬그머니 지워버린다

응암동은 한시절 내가 살았던 옆동네
홍은동에서 언덕을 넘어가면 나타나는 동네다 내 기억은 다 소멸
했으나 응암동은 지금도 있다 반바지 차림새로 달건이처럼 어슬
렁거리며 대림시장에 가면 거기 어디에 헌책방이 있었고 책방 구
석에서 고졸하게 생긴 40대 중후반의 독신을 건디는 시인이 오지
않는 손님을 기다리고 있었다 그가 헐값에 주는 한국문학전집을
안고 집으로 오던 기억 보너스라며 춘화집을 끼워주던 주인남이
생각나서 때늦게 웃는다 지금도 시는 쓰고 있는지 어떤지

첫줄에 썼던 문장을 한참 우두커니 쳐다본다
사는 게 한 편의 춘화였어
이 문장은 덧붙이는 게 아니었지만
걸리는 독자는 지우고 읽어도 무방하겠다

사실을 넘는 사실

강릉 5℃ 흐림
창문에 비 지나간 흔적
2월의 막날은 이곳에서 보낸다
나랑 상관없이 보내지는 것들
모두들 안녕히 떠나시길!

가족 없이 혼자 묵는 집
시간에 둘러싸인 시간 속에서
메기의 추억을 큰 볼륨으로 들었다
연로한 라디오가 잡음까지 쌩쌩하게 밀어올려서
모처럼 먼 곳을 다녀온 것 같으다

늘 가보고 싶었지만 거기가 어딘지
어떤 곳인지 몰랐던 그런 데 말이다
며칠 화성살이를 하고 온 기분
믿을 사람 없겠지만 이건 사실을 넘는 사실
누구에게 말해도 믿지 않을 이 느낌은
설명할 길이 없어 혼자 껴안고 있다

메모

그대를 사랑한다
그대만을 그리워한다
잠깐만,
그대는 누구?
나는 밥먹듯이 거짓말을 한다
내 거짓은 근거 없이 휘황하다
각주도 없고 확신도 없고 미래도 없다
나의 거짓말은 내 현실을 앞서간다
내 말을 황당하게 듣는 리얼리스트들
나는 오직 그대들을 사랑한다
보이는 것이 전부이고
들리는 것이 전부이고
진리가 있다고 달려가는
그대들을 그리워한다
나의 수상한 거짓말이 들리거든 그대
일어나 박수치고 내 거짓말을 메모해다오

단지 그러할 뿐

그가 자신을 우파라고 소개했다면
나는 당연히 좌파라고 했을 테지만
상황은 그 반대가 되었다
그가 자신의 배역을 고민 없이 연기할 때
나는 나의 픽션을 연기한다
그가 좌익수처럼 술잔을 들 때
나는 우익수처럼 침묵한다
그가 우익을 연기했다면
나는 좌익을 연기했을 것이다
이유? 아유, 그런 건 없다
합창이 지루하다
그것뿐이다

고정관념

저문 남자가 자리에서 불쑥 일어나
시를 읽는다 주인 혼자 듣는다
왜 저러는 걸까? 혹시 미친
남자는 이 카페에 처음 온 손님이다
남자로 말하면 그는 젊어서부터 시를 썼다
시만 썼다고 한다

그는 손가락을 격려하며 밤마다
자판을 애무한다 시가 아니라 쓰기에
중독된 남자 그는 세상과 철학과 혁명에 대해
쓰지 않는다 그가 쓰는 시는 그의 세상과
그의 철학과 그의 혁명이다 그래서 한없이
진지하고 한없이 아름답고 제대로 덧없다
시읽기를 마친 남자 앞에 주인은
찬물 한 컵을 갖다놓는다

정신 차리라는 뜻으로 해석하지 말자
그건 너무 값싼 고정관념이다

엉뚱한 시

어느 날 나는 전향하듯이
엉뚱한 시를 쓰겠지
제정신이라면 쓰지 않았을 단어와
문장, 영탄과 후회로 얼룩진 숨결을
감추지 않는 시를 쓸지도 몰라
말이 안 되는 말만 골라서
쓴다고 해도 어쩔 수 없을 거다
외설과 분노와 상스러운 말들로
내던지듯이 시를 쓴다고 해도
내 탓은 아닐 거다
손님 이제 문 닫을 시간입니다
직원이 다가와 나가줄 것을 정중하게
부탁하는 찻집에서 우아하게 쫓겨날 것이다
셔터내린 꽃집을 지나고 장의사도 지나고
불밝힌 현금인출기 앞을 지나갈 것이다
누군가의 이름을 놓칠 수도 있고
내 안에 아무도 살지 않는다고 되뇌일 수도 있다
시간 밖에서 달려드는 파도소리가 들릴 수도 있고
울면서 지나가는 사람을 만날 수도 있다
사는 게 그런 거지 이렇게 썼다가 지우고
다른 말이 없어 그 문장 다시 살려놓고

왔던 길 다시 걸어볼지도 모른다
봄이 오면 봄이 오지 않아도
라면 한 끼 끓여서 식탁에 올려놓듯
혼자만 읽을 엉뚱한 시를 써야 할지도 모른다
아까워서 누구에게도 보여주지 않고
감춰둘 수밖에 없는

문체연습

커피에는 커피만 있군
라디오에는 라디오만 있다
사랑에는 사랑만 있다
시계에는 시계만 있다
쓰레기통엔 쓰레기만 있다
이렇게 쓰면 평생 써도 다 못 쓴다
좀 줄여서 써야 한다
시에는 시만 있다
시 밖에는 시가 없다
소설에도 소설만 있다
소설을 덮으면 소설은 없다
꿈 속엔 꿈뿐이다
이렇게 쓰다 보니 헛소리가 된다
참소리가 날아간 빈 자리
헛소리만이 진실을 안다
이게 결론인가

언젠가 다시

책상용 달력 귀퉁이에 쓰여진 메모
졸다가 쓴 글씨 같아
이 말인지 저 말인지 대충 판독한다

1968년 몽퇴르 재즈 페스티벌이 끝나고 미공개를 전제로 한 녹음
이 48년이 지나간 뒤 한 비영리 레이블에 의해 출시된 빌 에반스
트리오의 음반 제목이 언젠가 다시였다 희귀본이군 별 다섯 개

흐릿한 메모 옆에 별 하나 더 그려넣고
창문에 몸 박힌 불암산을 관망한다
언젠가는 언제인가
내게만 물어보고 가만히 입 닫는다

다음 시집은 비매품으로 해야겠다
별 없는 시집 근간 예정

봄

매화 소식이 들린다
올 것은 온다
마음 한 구석이 무너지는 소리
들었다 또 봄
봄은 언제나 낯선 안부다
쓰던 시 버려두고
입은 옷 그대로 입고
날 밝으면 남쪽으로
시고 나발이고 남쪽보다
더 남쪽으로 내려가자

나도 모르게 끝나는 일

조금만 더

누군가를 오래 기억하는 것은
예의가 아니다 잊을만 하면
잊어드려야지
겨울 새벽에 일어나 방안에 남은
어둠 만져보면 어느덧 날이 밝아서
만져질 어둠은 사라지고 없듯이
없는 무엇을 있는 듯이 착각하는 버릇은
버리자 몰래 버린 지인의 시집처럼
나도 모르게 잊는 것이 상책이다
책상 위에서 혼자 열심인 시계가
밭은 숨을 고른다 막 일곱 시 십 오분
다시 보니 일곱 시 십육 분 십 초
초침이 지나간 자리에 남은 게 없다고
말할 순 없지만 없다고 믿으면서
껑충한 스탠드를 켜지 않고 둔다
잠시 이대로 조금만 더 어둡자
아주 조금만 더

나만 아는 일

이번 서울시장 보궐선거와
다음 번
대선에도 출마하지 않기로 했다
수락산이 살갑게 보이는 경기도 남양주
새로 문을 연 빵집 2층에서
커피를 마시며 결심했다

나의 음악

나만큼 음악 듣는 사람은 없다
눈뜨면 음악으로 시작하고
잠자리 들 때도 음악으로 마감한다
차에서도 듣고 연구실에서도
종일 음악을 듣는다
여기까지 쓰면서 뻥도 상한선이
부풀고 늘어가는가 싶다
바람소리 빗소리 천둥소리 아기소리
잔소리 싸우는 소리 흐느낌
식탁에서 밥숟갈 부딪는 소리
죄송합니다 사과드립니다
잡념 죽이며 화장실에서 힘쓰는 소리
이런 잡음만으로도 생이 벅차다
거기다가 글렌 굴드처럼
허밍을 섞으면 내 곁에 왔던 잡소리가
피할 수 없는 음악이 된다

눈 감고 있는 사이에

나의 밤 나의 꿈 나의 시는
특별하다 조금 특별하다
단지, 너의 밤이 아니기 때문
너의 밤은 너의 것
너의 꿈도 너의 것
너의 시는 나의 시가 아니다
엘리베이터에서 음식물 쓰레기를 들고
하강하는 승강기 속도를 가늠한다
5, 4, 3, 2, 1 드디어 맨땅
부드럽고 감미로운 추락이다
노트북 자판에서 손을 뗄 때를
놓치면서 산다 이게 뭐람
나의 밤 나의 꿈 나의 시야말로
내가 딛고 있는 맨땅이겠지
허망해서 좋네 좋다니까
한마디 더:
이제 시에서 나가자, 꿈 깨듯이
내가 눈 감고 있는 사이에

나도 모르게 끝나는 일

많은 일이 나도 모르게 시작되지요
양조위가 장만옥에게 던진 말
그렇지요 나도 모르게 응답하고 말았다
옆사람 들었을라
옆자리가 비어 있어 다행
극장 밖에는 사람들이 우산 썼다
우산 없이 지나가는 사람도 있음
20년 만에 리마스터링 하고 재개봉한
화양연화가 끝이 나고
청소하는 분이 들어올 때까지 앉았다가
떠밀리듯이 영화관을 나서면서
맨손으로 빗방울 훔쳐내듯이
마음 한구석을 지긋하게 눌렀는데
잘못 눌렀는가 마음자리에 빗방울 몇 점
고이다가 금세 말라버리는구나
어떤 일은 나도 모르게 끝난다
충무로 대한극장 지하도 입구
어제는 봄비

그럴 수도 있겠다

대통령도 해보고
페이스북도 해보고
이것저것 다 해보면서
사는 듯이 살 수도 있겠다
커피도 마시고 햄버거도 먹고
뉴욕도 가보고 사기도 쳐보고
잠도 자보고 헛꿈도 꾸어보고
희망을 가져보고 환상도 만들면서
한두 가지 성공도 해보면서
시집 보내면 답장 씹는 현대시인들
그럴 수도 있겠다고 이해한다
시인이라고 왜 시가 지겹지 않겠는가
오늘 나 대신 투신하는 이도 있겠다
이해하려 들면 못할 이해가 없다

저음의 봄비

서정시를 쓰고 싶을 때
나도 모르게 서정스러울 때
눈 감고 입구멍을 막는다
골목식당 소속 늙은 고양이가
한 입 깊게 물고 있는 저 침묵은
다만 무늬 없는 징징거림이었다네
삶이 큰 징징거림이던 밤
미완의 개정증보판 같은 나의 전기를
얼기설기 수정하면서 밤의 군살을 들어낸다
2021년 2월 22일 금요일
이런 밤에 강릉 남문동을 적시는
저음의 봄비

소설가 Y에게

내가 그대의 소설을 좋아한다는 것은
천하가 다 아는 일
(천하는 내 방구석이었어)
좋은 것은 지금이나 예나 설명은 군더더기
그대의 소설에는 흔한 기승전결이 없다
기승전결의 불가피한 오작동이
비소설적으로 적혀 있을 뿐이다
소설 속 인간들은 누더기처럼
쓸쓸하지만 다 난데없고 터무니없다
그게 대강 나랑 비슷해서 왕짜증
서점에서 그대의 신간을 찾았더니
그대의 소설은 아직 쓰여지지 않았다며
늙다 만 주인은 창밖 거리를 가리켰다
거기 코리아19 마스크 쓰고 입 다문 사람들
그대의 주인공들

어제 읽은 시집

박세현 선생님께
서명과 함께 우편함에 꽂힌 시집
조용히 모신다 봉투 열기 전 잠시 침묵
찬물 반 잔으로 입 축이면서 시 읽는다
여기 읽었다 저기 읽었다 그런다
첫 줄부터 알뜰히 읽는 건
시에 대한 예의가 아니다
첫 줄 읽고 놀라며 덮을 때도 있다
어제 읽은 시집은 돈이 없어
개인 레슨을 받지 못한 시인
당신에게 시를 맡기면 어떨까
무지막지한 잡인 같은 그대에게
통큰 개수작을 맡기면 어떨까

시쓰기

시쓰는 일이 세상 고매한 일인 줄
알던 때는 지나갔다 이젠 아니다
시쓰는 일은 막노동이고 투쟁이고
사기이고 폭력과 다르지 않다 삽들고
땅 파는 작업과 다르지 않고 거리에서
피켓든 일인 시위와 다르지 않고 미사
여구로 독자를 후려치는 일과 다르지
않으며 자신을 옭아매는 관념에 붙잡혀
허덕대는 짓거리와 다르지 않다 시쓰는
일을 고상하다고 말하는 건 인생도 시도
한참 왜곡한다 시쓰기는 일당 박치기
하는 험준한 노가다와 다르지 않다
정치인의 성추행과 비슷하다고 하면
너무 나간 것일까 그럼 삭제한다

금천구청역

금천구청역까지
갔다
상계역에서 스물 몇 정거장
세다가 헷갈리면서 졸았고
가산디지털역도 지나쳐버렸다
시집을 내준다니까
먼 길 마다 않고 갔다
금천구청역은 시보다 더 멀다
돌아오면서 나에게 서정적으로 묻는다
상계역에서 금천구청역까지 갈 만큼
그 정도로 시를 사랑하는 거니?
나만 알아듣게 다정스레 대답한다
금천구청역까지 가는 게 취미는 아니다
다시는 그런 질문 하지 말기

도사처럼 산다

내 인생이 마음에 들지 않지만
어떡하겠니
견디는 거지 별 수 있겠니
너는 어쩌고 있는데
서비스센터에서 수리하며 산다고?
센터도 믿을 건 아니더라
전에 폰 맡겼더니 데이터 싹 날렸더라
데이터 삭제당한 빈 폰처럼 산다
진공으로 사는 거야
기쁨도 슬픔도 삭제하고
보급형 도사처럼 산다

제목 짓기 전의 시

이웃나라 소설가 하선생은 세상 뜰 때
음악 없이 조용히 가겠다고 그랬다던가
(나는 떠날 계획 없음)
나도 할 말은 있다 한 음악 들었는가?
그것은 아니고 오다가다 들리는 대로
들었을 뿐 내가 가진 오디오는
없다 고물 라디오가 음악을 정성껏
잡아준다 그게 전부다 LP? 없음 CD? 없음
그러면서 음악 타령인가? 그렇다
그래서 더 그렇다 어떤 땐 저문 빗소리 속에
비틀대며 걸어오는 빌리 할러데이 손을 잡는다
빌리 왈: 누구세요? 남코리아 시인이라오
빌리: 이 동넨 아직 시인이 있군요. 놀랍소.
빗소리 화들짝 놀라면서 창문 때릴 때
금은 가지 않고 빗금만 얼비치는 방에서
정신없는 천둥소리 쿵 쿵 번쩍번쩍
조용히 듣는다 오래 들을 것이다

나는 지금 텅 비었소

나는 지금 텅 비었소
빗소리 들리는 빈 집이오
모자를 벗고 어서 들어오시오
나는 나 혼자 있는 나요
나마저 달아난 나라오
고리타분한 아방가르드도
새롭게 고리타분한 시도 사양하오
자칭 좌파는 왼쪽으로 가시고
자칭 우파는 오른쪽으로 돌아가시오
지금 나는 아무것도 아니오
쓸데없는 내 길을 가고 있소
어디서든 모른 척 해주시오

시인이 된다는 것은

시인이 된다는 것은
핸드마이크 장만하고 골목을 돌아다니는
잡상인과 비스무리하다
고장난 텔레비전이나 컴퓨터 삽니다
달고 맛있는 호박고구마 왔습니다
사회적 거리두기를 지킵시다
시를 읽읍시다
이 골목 저 골목 돌아다니면서
목구멍을 밀고 올라오는 말을
볼륨 올리고 외쳐대면 된다
어떤 동네는 시끄럽다 아우성이고
어떤 마을은 듣지 못하는 사람들이라
아무렇지도 않을 것이다
저녁에는 조용히 컵라면을 끓이면서
늘어진 혓바닥을 주무르면 된다

혹시

시집 몇 권 들고 우체국으로 가다가
해골물 원샷 하고 당나라 행 포기한
원효도 아니면서 걸음을 돌려세운다
우체국으로 가는 걸음도 아깝고
우편료도 아깝고 우편함에서 내 책을
꺼내갈 아무개의 죄 없는 노동도 불쌍해
시집 발송을 접는다 이해하시라 이런
내가 나는 왜 옳을까 말을 고르고 말의
입장을 바꾸면서 깊은 밤 겨울 밤 눈
오지 않는 밤 나는 무엇을 바랐던가 혹시?
시를 기다렸던가 저기 우체국이 보이는
횡단보도에서 느닷없이 회항한 걸음이
나의 시가 아니었을까?

당신은 나의 일장춘몽

당신은 나의 일장춘몽
나는 당신의 전도몽상
어쩔 수 없는 일은
어쩔 수 없다
사는 일이 그렇고
살지 않는 일도 그렇다
시간 관계상 쓰지 못한 시 한 조각이
겨울 아침 안개 속을 걸어서
나에게 온다 그 먼 길
그냥 모호한 길
당신은 나의 부서진 조각
나는 당신의 한바탕 꿈
무반주 첼로가 중간에 툭 끊어진
아침결에 낯선 눈을 뜬다

2%

아침에 시 두 편 썼다
다시 읽어보니 뭔가 2% 부족하다
부족한 2%를 찾아보느라 오전을
다 보냈지만 오리무중이다
부족하면 어때
문예지에 보낼 때 좀 싸게 받으면 된다
남들 5만원 받을 때 3만원 받으면 된다
사실 2%쯤 부족한 게 더 시다
그래서 부족하게 쓸려고 애쓰는데
그게 또 맘대로 되지 않는다
자꾸 2% 넘치고 있다
좋은 시가 있다는 말이
이론을 벗어나면 허물어지는 까닭인가

시의 세 가지

시는 어쩔 수 없이
세 가지의 길을 간다
하나는 좋은 시의 길
다른 하나는 진짜 좋은 시의 길이다
이 두 가지는 자기도 모르면서
시인들이 성심껏 표절하고 있는
바로 그 시다 귀할 것이 없다
마지막 하나는
한 해가 끝날 무렵 지하도에 나타나는
구세군의 종소리 같은 시다
대개 종소리만 귀에 집어넣고 지나가지만
지폐를 넣은 인류가 잘못 넣었다고
거슬러달라면서 소소하게 실랑이를 벌이는

시의 밤과 안개

〈천당의 밤과 안개〉는 왕빙 감독의 다큐멘터리 촬영 현장을 촬영
하는 정성일의 영화 에세이다 2015년 부산국제영화제에 걸린 뒤
창고에 처박혀 있다가 2018년 11월 29일 간신히 개봉했다고 전한
다 이 대목이 시군

러닝 타임 235분
대한민국 총 관객수 327명
나도 이 통계에 잡혔는가 궁금한 늦밤
나의 하늘집으로 밀려오는
푸르스름한 안개

가엾다

시라고 쓰면 누군가에게
서명해서 주려고 한다
그런 생각하면 잠결도 부드럽고
마음의 온도도 올라간다
세상만사 그러하듯이
시라고 써놓고 보면 어느 새
시는 달아나고 거기 시는 없다
내 시와 내 생각은 한번도
서로 만나보지 못했다는 거 아닌가
내 시가 내 생각을 알아볼 수 없느니
가엾다 팔자란 이런 것

백지 시집

백지
그런 시집을 갖고 싶다
여러 권의 시집을 인쇄했지만
어느 시집에 어떤 시가 있는지
기억에서 지워졌다 경축할 일이다
셋째와 넷째를 헷갈리는 애비처럼
나는 내 시 다 까먹었지
이 문장에서 고백하자
내가 쓴 시는 내 손가락의 사유
아니 낙서 아니 덧칠 아니 잠꼬대
마지막으로 군침 흘림
허기를 채우려던 한 끼의 사발면이었어
이런 내 시를 읽고 좋아요를 누른다면
그거 이상한 거지 물론
시집을 돈 받고 파는 것은 미스테리다
종잇값은 받아야겠지만
인건비? 글쎄다

삼인칭 단수

문학에 뭐가 있다는 듯이
이러쿵저러쿵 쿵쿵거리는
그대는 누구신가요
나는 지금 묻는 게 아니다
시는 각자의 징징거림
김해경 스타일로 김수영 버전으로
징징거리던 흑백시대를 돌아보면서
나는 텅 빈 공허 속으로 걸어간다
뒤돌아보지 말 것
시인은 한 시대의 군입이여
한국문학사는 변방 출신 듣보잡이
한 백 트럭은 더 몰려와야 쓸 것이다
상호 표절하는 삼인칭 단수들 말고
말고 말이야

꿈이냐 생시냐

그런 말
오늘 내 입으로 씹어본다
오늘 뜬 해
낼 아침 깜빡 잊은 듯
또 떠오르겠지
일종의 건망증처럼
언젠가
ㄴ이 떨어져 나가면
부지런히 지나간 시간도
어젠가?
그리 말하면서
세상에서 내가 지워지는 날
내가 나에게 되묻겠지
꿈이냐 생시냐

단지 그대에게

단지 그대에게
다시 올 수 없는 그대에게 전한다
그때 그 우울하던 카페 불빛 아래
내가 건넨 빈손을 아직 보관하고 있는지
잠못 이루며 자못 궁금하다
알토 색소포니스트 리 코니츠는 말이야
90세까지 나팔을 불었다고 전한다
리 모건이 그렇듯이 리 코니츠도
내 어머니처럼 이씨 가문인 줄 알고
살아왔는데 알고 보니 아니라더군
많이는 아니고 조금만 놀랐다
이런 상념의 저 끝에는 꼭 그대가 있다
아무 필연도 없이 우연히 그렇게 막연하게
왜 이런 말을 떠들고 있는지
나도 싱겁다는 말을 전하면서
무수히 잘 지내기를 앙망하네
그대가 아니더라도 나는
이 문장을 누군가에게 써먹었을 것이다

꿈많은 시인들에게

꿈많은 시인들에게
사랑많은 시인들에게
상상력 빈곤한 시인들에게
단지 시만 못쓰는 시인들에게
엎드려 시만 쓰는 시인들에게
시도 엉성한 시인들에게
서명하는 시인들에게
서명도 하지 않는 시인들에게
전철 스크린 도어 시인들에게
습관적으로 외로운 시인들에게
자부심 높은 시인들에게
고민하는 시인들에게
고민도 없는 시인들에게
다른 나라의 종소리 들려온다
다른 나라의 총소리 들려온다
어서 달아나시라 브라보
그대는 정면으로 조준되었다

나는 감사한다

나는 감사한다
뜻 없이 방긋 웃어준 당신
나는 감사한다
약간만 부족한 도덕을 가진 사람
나는 늘 감사한다
나보다 더 나 같은 사람
당신보다 더 당신 같은 사람
아프고 기쁜 사람만 가진 사람
나는 당신에게 감사한다
나는 감사한다
항구 주변을 살아오르던 갈매기
갈매기가 딛고 간 허공
갈매기의 활강을 오래 지켜보던
집 없는 고양이의 눈
나는 감사한다
길을 묻는 착한 사람에게
모른다고 대답하면서
나는 깊이 감사한다

이것은 시인가

그 누구처럼
나의 직장은 시가 아니다
나는 무직이다
당신의 등뒤에서 호시탐탐
사랑을 훔쳐가는 좀도둑
이웃집여자에게 꿈 일인분을 배달하는
배달용역의 검은 마스크다
밤마다 후기 모더니즘적으로 징징거리며
한국어로 시를 쓰는 손은 얼마나
거시기한 것이던가
시 비슷한 것을 쓰면서 나만 모르는
이것은 시인가 걱정하는 밤이
내 운명의 거처다

나쁜 책

나는
좋은 책은 안 읽는다
좋은 줄 알기 때문이다
나는
주로 나쁜 책을 읽는다
나쁜 책을 펼치면 나는
정말이지 참을 수 없다
누구나 가고 싶어도
마음만 가고 몸은 가보지 않은 길
나쁜 책은 그걸 쓴다
내가 읽고 싶은 책은
맞춤법 따위 지키지 않는 책이다
대체로 부도덕하고 불쾌한 책
서점에 없는 책
인터넷에 없는 책
세상에 있을 수 없는 책
사람들이 힘을 합쳐 추방한 책
그러나 아름답거나 거대한 책

엄연한 사실

새로 산 책 몇 권을
차 뒷좌석에 모셔두고 내렸다
강릉 영하 8도
책을 가지러 갔더니 글쎄
활자가 얼어서 의자 위에 우르르
쏟아지면서 각자 뒹굴고 있다
알고 보니 활자도 언다
문장도 언다 책도 언다
활자 없는 종이책을 집어든다
홀가분하구나
서점에 가서 반품하고
새 책으로 바꿔야겠다
서점은 뭐라고 할까
어이없지만 엄연한 사실이다

충분하다

이제 시를 읽지 않는다
이제 시를 읽지 않아도
충분하다
나는 그게 얼마나 고마운지
나는 그게 얼마나 충만한지
누구에게도 말하지 않는다
이 글에는 반전이 없다
이 글에는 과장이 없다
사실은 사실을 설명할 뿐이다
그동안 내 앞을 스쳐갔던 수많은
시가 한없이 쇠약한 목소리로
오늘 밤 내게만 속삭인다
이제 되었다고
이제 충분히 되었다고
이제는 자신의 길을 가겠노라고

달의 뒷면

에크리 몇 줄 읽고 유튜브를 들여다본다
다들 저리로 들어가셨군
지금 내 앞에서 정색하고 사는 사람들
현실이 소설인데 또 소설 읽는 사람들
그대 복 받으리
마음에도 미세먼지 좋은 날
달의 뒷면까지 갔다가 빈손으로 돌아오는°
나를 열렬히 마중해준 사람
그대도 복 받으시라
첫눈 소식은 들었지만 아직
눈은 없는 날

° 무라카미 하루키 소설 「With the Beatles」에서 만난 문장.

살다가 남는 날

세월이 흐르는 물이니
날마다 그 물에 세수한다
세월이 쏜살같다
오늘도 어느 뒷골목에서
세월이 쏜 화살에 정확하게
맞아죽을 각오를 해야겠다
살다가 남는 날 있으면
누구에게 줄까 생각 중

존 치버를 빌어서

아침마다 단벌 양복을 입고 작업실에 가서는 양복을 벗고 속옷
차림으로 글을 쓰다가 집에 돌아갈 때 다시 양복으로 갈아입는
다 소설가 존 치버의 일이다

아침마다 나는 커피를 마신다
커피는 손수 만들지만 맛은 발전하지 않고
첫 번 드립하던 맛 그대로다 신기하다
내 어설픈 커피를 참고 마셔준 나에게
이 시행을 빌어서 고마움을 전한다
작업실이 없는 나는 내 방에서
시를 쓰고 잠을 자고 커피를 마시고
나머지는 짐작하시는 바 그대로다
집필실이 따로 있었다면 대단한 시를
썼을 것이라고 믿으며 산다 나는 그러나
집필실 없음을 다행이라고 믿으며 산다
나까지 대단한 시를 써댄다면
여러 가지로 그것은 좀 그렇다
나는 그저 일인용 시만 쓴다
내 방에서 혼자서 씹고 삼키는
어설픈 커피맛 같은 혼詩면 된다

맨발로 바다 위를

아직 남아 있는 11월의 며칠
식기 전에 커피를 마시고
낡은 목청을 가다듬는다
남들이 웃을만한 낡은 시를 몇 줄 쓰고
초현실적으로 하늘 한번 쳐다본다
내가 모르는 게 내가 아는 전부인 아침
폼페이 최후의 날 화산재에 데워졌던
두 남자의 유해
2천년 동안 뿌듯한 그들의 아랫도리
이보시게 나 죽은 거 맞니?
이런 표정으로 죽지 않고 살아서
꿈틀거리고 있는 누군가의 생
나도 살아있다면 가자 오늘은
주문진에 가서 맨발로 바다 위를 걷자

만만의 콩떡

시를 쓰다가
보란 듯이 시 속에서 죽어야지
천만의 말씀
햇살 엉기며 자글대는 담벼락에서
시 바깥으로 나와
아마츄어 합창단의 음악에 귀 열어놓고
옛친구랑 가위바위보를 하면서
여보게, 시는 꽝이야
안 꽝인 듯 살았으면 됐지
그러면서 골목길 돌아가듯이……
그날까지 책상 앞에서 시를 써야지
혹시 끝까지?
어떤 말보다 쎈 이 한국어
만만의 콩떡이지

여러 벌의 시

한 편의 시는
한 편으로 끝나지 않는다
끝나지 않는 사랑처럼 흘러간다

첫 생각을 담은 초고가 쓰여지고
초고를 고친 수정본이 있고
수정본을 수정한 재수정본이 있고
재수정본을 다시 고친 재재수정본이 있다
이제는 수정하지 않으리라
며칠 뒤 변심하여 다시 수정하고
진짜 최종본이라고 저장한다
그다음은 나도 모르겠다
정말 정말 진짜 최종본이 또 올 것이다

초고로 돌아갈 수 없이
멀리 떠내려온 여러 벌의 시
나의 시

내가 가진 전부

그야 오늘 아침 눈에 넣은 하늘이겠지
어깨를 스쳐가던 낮은 구름도 빼지 말자
겸손하게 말하겠는데
내 주름진 손도 늘어진 근육도 흰머리도
내 것은 내 것이지
어디에도 속하지 못하고 떠도는 상념과
연민과 근거 없는 환멸도 어쩔 수 없이
내 것이다
이제야 말하지만 나는 누구도
존경하지 못했다 그래서는 안 된다고
믿었다 그러면 큰일 난다고 믿었으므로
누구도 내 숭배의 전당에 들이지 못했다
이제 이제 나는 나는
지나가는 행인 제위께 사심 없이 경례한다
오늘 산에서 잎 떨구고 스산하게 웃고
서있는 나무 곁에 앉아서
하지 않아도 될 말을 주워섬기면서
나무가 울적할까봐 동무해주었다
비좁은 계곡에서 아직 끊기지 않은
물소리 올라와서 귀를 적셨고
마음도 칸칸이 맑은 물소리에 젖었다

붉어지는 서쪽의 노을빛도 잠시
내 것인 날이다

내 시집 밖을 살고 있는 당신들에게

내 시집 돈 주고
사는 사람 있을까.
있다면 그분에겐 죄송
하고 또 미안할 따름이다.
뭐 읽을거리도 없는 시들인데
돈을 주고 사다니. 내 시는 내 시
집을 살 생각도 읽을 생각도 없이 요리
조리 피해다니는 사람들을 위해 쓰여진다.
그들의 쓸쓸함 그들의 막막함 그들의 지번
없는 번민과 소란스러움을 위한 향연이다. 닭
좇던 개 지붕 쳐다보기나 새됐다거나 강릉말로 허
애졌다는 말들은 모두 내 시집 밖을 살고 있는 당
신들의 친족이다. 내 사전에만 살고 있는 허전함이다.

있어도 그만인 시

있어도 그만인 시와
없어도 그만인 시 써놓고
두 시를 합친다
이번엔 둘로 공평하게 나눈다
있어도 그만인 시 꺼내면
없어도 그만인 시 나오고
없어도 그만인 시 꺼내려면
있어도 그만인 시 따라나온다
시를 인쇄해서 벽에 붙여놓고
만사를 잊으며 한잠 주무시고
한 100년쯤 집밖으로 외출한다
이게 내 시의 형편이다

이건... 뭐지?

내가 살아버린 하루가
신춘문예 예심을 넘지 못한
단편소설이고
빈 자리뿐인
독립영화관이다.
커피도 음악도 생략한
하루치 삶의 맛도 지운 날이다.
약속도 없다.
써놓고 보니 그럴 듯 하다.
몸도 조용하다.
이 만족과
이 너그러움.
이건... 뭐지?

애월을 지나간다

발밑에 몰려온 물결에
생각이 젖는다
초겨울이 젖는다
흰 파도갈기만 집어서
안주머니에 넣는다
나이 든 여자와 도망쳐
살림을 차리기
마땅한 바닷가다
파도 한 장 달랑
손에 들고 고고학자처럼 지나간다
다 생생한 꿈이고
다 순도 높은 생시다
꿈이냐 생시냐
웃을 일이다
꿈에 생시를 그려넣고
생시에 꿈을 그려넣으며
생시가 꿈
꿈이 생시
그렇게 우기며 산다

쓸데없는 설렘

달나라에 물이 있다는
미 항공우주국 발표에 괜히 설렘.
이유는 모르겠음.
뻥이겠지.
제주행 비행기에 앉아서
마라도엔 뭐가 있을까 머리 굴려본다.
뭐가 있으면 있는 대로
뭐가 없으면 없는 대로?
평생 시만 썼는데 보람은 있는가.
문제는 시만의 만이라는 조사겠지.
시가 그렇게 만만한 것인가.
보람 없음 이상의 보람은 없음. 땅. 땅.
인생 뭐 없지만 뭐 있는
것처럼 살아갈 줄 알 듯이
시 쓰는 일 헛일인 줄
알면서 나는 끝까지 쓴다.
참고: 끝까지는 오늘까지.

너무 늦은 가을 오후

일 있다는 듯이
전철 타고 안국에 내린다
그다음은 어디로 가지? 눈 앞으로 가
북촌에 들어 계동길을 밟는다
집집마다 꽁꽁 묶어 내어놓은 다시는
집안으로 들어갈 일 없는 쓰레기봉투
이제 저런 것도 보인다
늦은 가을엔 북촌 한옥마을을 걷는 게 좋아
이사 간 지인의 집을 찾는 얼굴로 걸어도 되거든
옛 인연과 간만에 마주쳤다고 해도
선약이 있어 먼저 갑니다 공손하게 말해주고
거짓말처럼 싱싱하게 걸어가도 자연스럽다
천지사방이 돌이킬 수 없이
너무 늦은 가을 오후라는 사실 때문에

나의 시읽기

무리하지 않는 시 앞에서는
(고개를 끄덕인다)
풋풋한 열기가 있는 시 앞에서는
(윙크)
잘 쓸려고 애를 쓴 시 앞에서는
(박수)
열나게 썼지만 열뿐인 시 앞에서는
(손흔들어주기)
남의 장단에 춤추는 시 앞에서는
(안 읽은 척 눈 감는다)
학원에서 배운 대로 쓴 시 앞에서는
(침묵한다)
낡은 창법으로 쓰여진 시 앞에서는
(전국노래자랑 방청객처럼 따라 읽는다)
새로운 시 앞에서는
(일어서서 방안을 한 바퀴 빙 돈다)
제대로 실패한 시 앞에서는
(합장 반배)
내가 쓴 시 앞에서는
괄호 없이 한숨 잔다

점 찍는 재미

상계역 옆으로 이사 오고 나서는 어디론가
자꾸 가고 싶다. 당고개행 막차 들어오는
소리 들으며 점집 골목에서 소주 마실 때는
더 그렇다. 막차를 타고 떠난다? 그것 참
괜찮군. 이런 순간 나는 제목 없는 시다.
점집 오방기에 매달려 펄럭이는 내가 보인
다. 술집을 나와 아파트까지 내 걸음으로
5분. 술동무 강세환 시인을 배웅하고도 남는
시간. 남는 연민. 남아도는 허세. 남는 자존감.
그래서 야경 돌 듯이 동네를 한 바퀴 돈다.
가을밤이다. 가을밤. 나는 가을밤을 수위하는
경비원이다. 요즘엔 시에 마침표를 꾹꾹 찍는다.
그러고 싶어졌다. 점점 점 찍는 재미도 있다.

1월 11일 일기

나보다 먼저 깬 알람이
나지막하게 보채는 소리에 눈뜸
어제 배송받은 책 읽는 중
낱말 몇은 우풍에 얼어서 시리다
라디오에서 '금지된 장난'이 기타에 실려 나옴
까마득한 선사시대에 값싼 기타로
순전히 마구잡이로 쳐보던 그 곡이다
늙다가 멈춘 스무 살을 건드림
초당동 솔밭을 걸어가던 청년의 손에
또래들이 쓴 동인지가 들려 있다
한 권의 어설픈 꿈이다
그 청춘이 먼 눈으로 돌아보는 곳
나도 고개 빼고 돌아봄
아무것도 안 보이지만 보이는 듯
삶이 나를 속인다면 기꺼이
오늘은 속아줄 용의가 있다
까치가 여러 번 정식으로 울었는데
손님은 오지 않았음

개정 증보판

비가 온다 이슬비다 보슬빈가
부슬거리니 부슬비가 더 좋다 옛날식이다
옛날이 좋다 우산 없이 걸어가던 골목길
혼자 걸어갔던 그날의 비오던 길
골목 외등은 봤겠지 봤을 것이다
밤이던가 낮이던가 가물거린다 밤이면
어떻고 낮이면 어떤가 오늘 비가 와서
나는 또 비에 갇힌다 빗소리듣기모임에
가입하려는 사람도 늘겠다 비가 온다
빗소리듣기모임이 뭐냐고 질문하는 사람도
있다 비가 온다 전철역 근처 1980년대
문화유산 같은 골목집 앞을 걸어야겠다
마을버스 정류장에서 비를 맞아보자
부슬거리면서 다 날려버리자 확실하게
이것저것 밑바닥까지 긁어서 날려버리자
그리고 새로 젖는 거야 처음부터 젖는 거야

입에 담았던 말 다 뱉아내고

긴 즉흥연주가 끝나고도
다 말해지지 못한 말이 있어서 부스럭댄다
나도 모르는 그 말은 나를 알 것인가
알아도 어쩔 수 없고 몰라도
어쩔 수 없는 건 어쩔 수가 없다
매일 조금씩 어긋나면서 누군가에게
보이지 않는 손짓을 하는 사람, 나
빌 에반스의 피아노 솔로를 들으며
설명 가득한 실용서를 읽는다
이를테면 남자가 혼자 늙는 법
모르던 마음도 다가와서 기웃거린다
신기하군
누군가 행복하다는 생각만으로도
입에 담았던 말 다 쏟아놓고
나는 조용히 입 다물 수 있다

두번 다시

세상에 올 일 없겠지
오늘 아침 저 음악도 들을 일 없겠고
여보, 나 덕수궁 전시 갔다올게
이런 말도 한 방에 접히겠지
언제 시간 나면 한번 뵙지요
언제는 언제인지 언제만 모른다
시간은 왜 당신한테만 없는지 궁금하오
좋은 작업 하고도 묻혀버린 예술가들
생각하면 속상하지만 커피나 마신다
숨만 쉰다 눈만 껌뻑거린다
이런 속앓이도 다시 하지 못할 거다
커피 식는 소리

방구석 1열의 시

시집 한 권 읽는 것보다야
광장시장 구경맛이 좋다
저 많은 좌판과 저 많은 먹을 것과
저 많은 사람들과 그들의 혀와 목구멍과
땀구멍과 슬픈 숨구멍을 느끼면서 나는
오늘 이루 말할 수 없이 성스러워진다
이런 나를 나는 더 어쩔 수가 없어
아무 좌판이나 가리지 않고 주저앉는다
자기소개서를 든 청년이 지나가고
외국인 노동자가 지나가고
어제 발인한 고인들도 흘러간다
튀김이랑 막걸리 주문하고 낮술 접어들면
동대문 밖에서 세련되게 절고 있는 남한의
딱한 민주주의 해프닝이 찌직거린다
매화 소식은 어제 지나갔고
누가 또 뭘 해먹었다는 뉴스가 떠오른다
그러니 그래서 그러므로 그렇고 그런
방구석 1열의 시는 나에게
시장통의 뜨거운 시는
모든 목구멍에 바친다

시가 뭔지 모르겠어

내가 쓴 시는 시가 아니었어
나쁜 시를 썼단 말인가? 글쎄 올시다
나쁜 시라는 편견은 바퀴벌레보다 징그러워
그런 이분법은 우스개지
좋은 시 따위는 애초에 없었어
그건 오래된 속임수야
좋은 시라는 말이 있는 거지
맞다
내가 쓴 시는 시가 아니라
시라는 이름의 헛소리였어
자다가 창문 두드리는 소리
나는 시를 모른다
시가 뭔지 모르겠어

좋은 시

언제부터인가
좋은 시만 쓰기로 했다

내가 바라는 시는
누군가의 기억에 오래 남는
시가 아니야

말하자면 싱겁게 읽혀지면서
다음 날이면 그런 시 있었던가
그렇게 자취 없어지는 시가 고맙지

생각 많은 세상
기억된다는 것은
미안한 노릇이다

가상현실

시집을 자기계발서로 분류하면서
전등을 끄고
밤산책을 위해 존재의 집을 나선다
시도 아니고 소설도 아니고 다들
에세이스트가 되어 카페와 페이스북을 살아간다
물론 부정확한 말이겠으나 나는
내 방 등을 끄고 라디오를 끄고
내 묵은 침묵도 꺼버렸다
내 안에 묻어 있는 당신 생각 지우기
남의 다리 긁지 않으려 버티기
그래야 한다고 다짐하지만 웃기는 일
몸에서 잡음이 샌다
내 생각 같은 건 없다 없다
밤전철 불빛에 손을 흔들어주다가
시집은 철학으로 분류해야겠다고 고쳐쓴다

페루에 가실래요?

이 소설을 소설이라고 부를 수 있을까? 거의 소설이 아니라고 하는 편이 옳다. 그런데도 작가는 굳이 산문소설이라는 정체불명의 딱지를 붙였다. 동어반복이자 모순적인 조립이다. 산문에 가까운 소설이거나 소설을 위조한 산문이라는 뜻인가. 소설이 숭상하는 개연성이나 인과성이 무시되고 상당한 작위성이 무책임하게 서술된다. 에세이로도 어설프지만 소설로도 파탄에 가깝다. 소설 속 인물들은 현실과 허구의 경계를 제집 드나들 듯 넘나든다. 소설이 아니라고 책을 덮는 독자도 있을 것이다. 에세이와 픽션이 만나 일으키는 잡음은 업계의 근친상간적 합의를 조롱할 여지가 많다. 이런 걸 소설이라고 썼단 말이야? 투덜거리는 사람 앞에 작가는 말할지도 모른다. 소설이나 인생이나 다 그런 거 아니던가요?

° 나의 산문소설 『페루에 가실래요?』에 대한 출판사 서평으로 손수 쓴 문장을 복사해서 옮겨놓은 것임.

민들레 요양원

보이스 오브 내레이션

나는 2020년에 책 세 권을 인쇄했다
아는 사람은 없지만 인터넷은 안다
무려 세 권을 몰아서 낸 이유가 있을까?
펜데믹 기간에 집콕을 했다는 사연도 있겠고
할 일이 없었다는 사정도 있겠고
할 말이 없었다는 핑계도 있을 것이다
시를 쓰기 위해 이박삼일 끙끙대며
이 말이 아니야 저 문장도 아니야
그렇게 골 썩이며 시를 완성할 수도 있겠다
시에도 완성이 있는지 모르겠다
업자들은 발끈하겠지만 뭐가 뭔지 모르고
지나가는 순간이 시가 아니었을라나
머리칼을 잡고 책상 앞에서 끙끙대는
그 오리무중의 모호함만 시라 부르자
당신도 충분히 알 것이다
완성된 시는 시와 무관하다는 것을 말이야

싱어송라이터

날이 좋군요 꼭 3월 같은 봄
이런 날 변증법 같은 소리는 그만 하시고
꽃집에 나가 수선화 구경합시다
머리 위로 내 생의 늦은 기차 지나가고
충무로 골목에서 생선구이로
이른 저녁을 먹고 나오던 길
극장 앞에 서 있는 당신을 보았습니다
다가가서 어깨를 툭 치고 보니
죄송합니다 당신은 아닌 사람이었소
오늘은 날이 좋군요 미세먼지의 미망도 없고
반팔을 입어도 조금 이를 뿐인 봄날
당신은 그랬지요
정색하고 살지 말라고
하루에 두 번은 휘파람을 불라고요
충무로에서 우정 종로까지 걸으면서
속마음에 나레이션 입히듯 오늘은
휘파람으로 자작곡 불어보았소
입안에 수선화 피는 듯
유치한 문장도 용서하며 걸었소이다

강변반점

강변반점에서 부처님과 단둘이
삼선간짜장을 시켜놓고
이과도주를 마셨던 어제
별일 없으면 내년에도
다시 오시겠다는 붓다는
작년보다 약간 늙은 손으로 잔을 들었다
절집 배롱나무 가지에 걸린
연등을 대충 훑어보았노라 말씀했다
정구업진언 수리수리 마하수리 수수리 사바하
56도 술보다 중생의 삶에 더 취한다시며
한 잔 더 따라 드셨다
늦봄의 일렁거리는 강변을 걸으면서
둘은 없는 피안을 오래 건너다보았다
아참 이거, 하시면서 여래는
지갑에서 봉투를 꺼내 내게 주셨다
낮에 주지한테 받은 거마비란다
내년에 또 보세, 거사

덜 쓰여진 시

*

화가: 액자값만 주고 가져가시게
시인: 종이값만 주신다면

*

우한 폐렴 신규 확진자 459명
큰고니 두 마리 kbs 저녁뉴스
화면 속으로 날아간다

*

머리를 튜닝해주겠다고 하여
단골 미용실에 며칠 맡기고 옴

*

바람 속으로
시간의 손을 잡고 지나가시는 사람들
사랑은 사랑으로 족하고
헤어짐은 헤어짐으로 족하다

*

마을금고에서 80대 후반의 아버지가
통장 담아간 빈 봉투를 여직원에게 쓱 내밀면서

정식으로 말한다
선물이야

     *

쓴다 나는 쓴다 다시 쓴다 그냥 쓴다
써 온 시간이 아까워 그냥 쓴다
더 쓸 것이 없다고 생각할 때마다
손잡이 없는 난간을 버티면서
쓰던 대로 뻔하게 쓴다
뻔하게 쓸 때만 뻔해지지 않는다
글쓰기에서 배운 유일한 힘
나는 쓸 뿐 슬픈

     *

정년하고 나니 이거 하나 남았다며
강세환이 내 앞에 들어보인 볼펜 한 자루
1980년대 옛날창비 시인이여 건필하시라

     *

흰 제비꽃
그 옆에 5월의 햇빛 한 점
다람쥐가 물고 가면서 이가 시린 듯

몸을 떠는 시늉
세상의 격언이 비문(非文)이 되는 날이네

　　　*

어느 날 죽음이 나를 흔들어 깨우겠지
여보게, 일어나시게
벌써요
때가 되었어 부지런한 친구들은 대충 다 갔다네
서두르시게
시간 안에 도착하자면
서둘러야 한다네

　　　*

다음에 내리실 역은 칠순
칠순 역입니다
(역장은 시인 김영태 선생이군)
내리실 문은 왼쪽입니다
놓고 내리는 물건 없는지
잘 살펴주시고
이번 역에 내리실 손님 여러분
안녕히 가십시오
그리고

늘 건강하고 행복하십시오

      *

나는 쓴다 그리고 지운다
울음소리 웃음소리 화내는 소리
알뜰하게 쓴다 비유 없이 직설로 쓴다
비유는 속임수다
에둘러가지 말자 비겁하다
사랑스런 시는 비유를 경유하지 않고
빠르고 급한 속도로
곧장 당신만을 향한다

      *

소식 두절은 호외와 같다
잘 살겠지
이런 근거 없는 믿음
쑥부쟁이 본 아침이다

      *

더 살고 싶을 때가
다 살았을 때
뭣이, 내가 죽었다고?

*

어떤 시를 읽어도 싱겁다
이것이 오늘날 내 시의 증상이외다

*

내가 시를 쓰는 것은
세상만사가 시라는 사실을 감추려는
저급한 수작일 것

*

커피 생략한 아침
방안이 넓어 보인다

*

모든 덧없음에 삼천 배
그리고 반 배 더

존 버거의 서재

존 버거의 서재 같은 방을 가지고 싶었을까
그 방은 정리된 혼란이 빈둥거리고
좁은 책상 앞에 앉으면 읽고 쓰지 않아도
다 읽은 듯 다 쓴 듯 할 것 같다
마치 버거 씨의 서재에 가본 듯한
능청스럽고 가증스런 상상을
나는 사랑한다
꼭 써야 하겠는가
꼭 읽어야 할 일인가
쓰는 일은 뒷전이고 그저 앉아 있다가
어스름 친구삼아 뒷방으로 퇴근해도 좋다
그게 더 좋겠다
내 방은 하나의 미궁이다
책상도 창문도 미궁이다
들어가면 나오는 길을 잃어버리고
나오면 다시 들어가기 싫다

모르는 사람

대개 모든 일이 삶의 한순간이
예고편 없이 느닷없이 찾아온다
아니 이게 뭐란 말인가
그런 놀람을 연기하는 동안
모란은 가고
누군가의 자서전은 쓸쓸한 허구로 장식된다
어느 날 대통령이 바뀌고 그의 똘마니들로
장관도 바뀌고 원칙도 바뀌고
문법도 바뀌고 나도 바뀐다
깨끗하다고 믿었던 사람은 더러웠거니와
더러웠던 인류는 더 더러웠다는 거지
문학을 사랑하는 사람들이 카페에 모여
눈 감고 오직 문학만을 사랑하는 동안
세상은 다른 자리에서 다른 속도로 달린다
하루 가고 그렇게 어김없이 또 하루 가고
그러면서 나는 어느 날
모르는 사람이 될 것이다

민들레 요양원

아버지는 민들레 요양원에 계시고
나는 강 건너편에서 여전히
구린 시를 쓰고 있다
아버지는 당신 몫의 간식을 밀어주시고는
먼 눈으로 저쪽 세상을 바라본다
아버지가 드세요 효자처럼 내가 말하면
아버지는 난 됐다 너 먹으라니까
'아버지는 저래도 되는 줄 알고'
접시 위에서 조각난 바나나를 집어들고
꾸역꾸역 먹을 때 지나가던 새가
이 장면을 풍자하며 깔깔거린다
삶은 참 어이없는 연극이다
나라는 시인은 참 쓸모없구나
벼락 맞아 죽어도 아까울 게 없겠구나

악보에 없는 노래

어제 왔던 새가 오늘 다시 와
집앞 전깃줄에 앉았다
어제보다 반음 높은 목청으로 운다
그냥 지껄이는 게 맞을 텐데 굳이 운다고
쓴다 새는 얼마나 우습게 여기겠는가
노래한다고 쓰지 못하는 것도 나의 무의식
어떤 순간에는 우는 일도 노래고
노래도 울음이 된다
내일은 울지 말고 새야 노래를 들려다오
바람에 나뭇가지 떨리는 리듬으로
악보에 없는 노래를 들려다오
그 노래에 맞춰 춤 출 사람 부르겠다

평화롭고 소박하게

모든 게 제자리에 있다
장미도 피다 만 장미도 시든 장미도
피기 시작하는 감자꽃도 그 자리를 산다
저속으로 바람 부는 날
누군가 나를 지나갔는데
누군지 모르겠다
초면인가?

남들이 알아보지 못할 시를 써야겠어
연필 자국만 남아 있는 시
서너 개 써놓고
민무늬처럼 평화롭고 싶으니까
식탁에 놓인 젓가락같이
단지 소박하게

오래된 노트북을 위한 시

노트북이 고물이 되었다고
노트북이 아닌 건 아니다
하늘을 입력하면 하늘이 아니라
바다를 찍어놓거나
수정을 끝낸 시를 저장하고
다음 날 꺼내보면 없는 문서라는
메시지를 내보낼 정도로 뻔뻔해졌다
그래도 또 자판에 손을 얹고
지난 밤 내 말들의 온도를 느껴본다
손가락은 잘게 떨고 있는데
자판은 시큰둥한가 보다
노트북을 버릴 때가 되었나
시를 버릴 때가 되었나
이런 생각만으로도 하루를 견딜 수 있으니
기념으로 오후엔 허공을 좀 걸어야겠다

입하에 쓰다

오늘 며칠이지? 내가 내게 묻고
잠시 입 다물고 있는 사이
어제 강릉천주교회 담가에 무성하던
라일락 향이 내게 득달같이 달려온다
이쯤에서 지나간 시절을 전곡 감상하듯
되돌아본다 이렇다 할 게 없음에 축
시를 많이 썼다는 자책은
많이 살았다는 통념(痛念)의 도착 지점
반대하지 않겠다 시를 쓴다는 자괴감이
발밑에서 생각 없이 서걱거린다
여생은 바닷가 의자에 앉아 있을 거다
지나가는 사람들 말소리에 돌아보지 않고
파도소리 그칠 때까지
멍하게 앉아만 있어도 꽤 멋질 듯

에세이 쓰는 법

홍제동에서 시작해 서부시장을 거쳐
강릉천주교회를 한번 순례하고
문닫은 재즈카페를 지나
철길이 사라진 월화거리를 걸어간다
벤치에서 마스크를 쓴 길잠 자는
지방 노숙인들이
벌건 해 아래서 큰 목소리로 싸운다

나한테 걸리면 죽는다 죽어 알아? 그래 죽고 싶다 죽여봐 죽여봐
육갑, 지금 수필 쓰고 있니? 이거 왜 이래 내가 누군지 알아? 인마
곱게 늙어 알았어? 곱게

배가 잔뜩 부른 수송기가 내릴 공간을
찾느라 하늘을 빙빙 돈다
노숙인들 휴전하고 서로 따뜻한 손잡고
곱게 하늘을 쳐다본다 중앙시장 맞은편

빗밤

자정이 지나서 듣는 빗소리
내 속에서 잡음이 진정된다
이제 나는 잔다
누가 대신 좀 깨어 있기를

예가체프

세상에 오지 않은 시인의 시를 읽는
흥분
굵은 빗소리에 늦잠 깨어났을 때
대문 앞을 천천히 지나가는 이름들
모르는 얼굴을 향해 세 번 절
눈 떠보니 69세
이제 세상에서 맺은 관계는 원천 무효다
처음 뵙겠습니다
그렇게 말하면서 나는 나와도
헤어지기로 한다 나여 애썼음이라
혹시 시인 거시기씨 아니세요?
설령 그렇다고 해도 그건 이제
나와는 상관없는 일이다
지금 문 앞을 흔드는 저 신록의 물결이
기쁨인지 슬픔인지 모르겠으나
나는 이제 나와도 상관없는 사람이다
나는 누구의 말에도 동의하지 않을 것이고
비로소 평안해지리라 사천항 페루에 가서
예가체프를 마셔야겠다

4월 색인

강릉아산병원, 호흡기 내과 주치의: 할아버지 주말을 넘기기 어렵 겠습니다. 옥수수 심기, 막빗소리, 무연고 묘지처럼, 코로나 선제 검사, 안방 벽시계 건전지 갈기, 안소니 홉킨스의 마이 파더, 잊거 나 잊혀지기, 동네 포차에서 옛날 친구를 만나다, 한물 간 사람들 의 근황, 이 나이에 책을 내는 건 좀 그렇지, 고성까지 갔다가 돌 아오다, 나이 든 남자는 죽으면 완성된다, 노동부 앞에서 종일 임 을 위한 행진곡을 합창하는 지방 노동자들, 시집 좀 보내지 마세 요, 책 읽지 않기 운동 본부 공동대표와 수인사, 골목길의 종류, 징징거린 하루, 씨발아 그 나이에 아직 진실이니 민주 타령이니, 열심으로 쓰고 죽을 때 싸가지고 갈 것, 강릉시 홍제로 12번길 벚 꽃 지다, 가끔 칭찬 받고 싶다, 적당히 하자, 어떻게 시인들은 10년 을 못 버티고 맛탱이 간다니, 슬프다, 별궁다방에서 만나던 문학 청년 회상, 간병인 품에서 잠드는 남자의 일생, 크로버 타자기로 쓴 시, 강문에서 안목까지 걸어가서 파도소리를 들은 날도 있다.

늦봄 소식

이웃집 수수꽃다리가 이울면서
내게 남긴 말이 새로 돋는다
내년 봄 우리 볼 수 있을까요?
나는 침묵
이론 없이 내려 마신 커피에
더없이 위로받는다
살고 볼 일인가
협탁 위에 엎드린 책 제목은
남자가 혼자 사는 법
다시 읽어?
그럴 시간은 없고요
남은 커피나 한 모금 더!
누군가의 선종 소식도
늦봄엔 못 들은 걸로 하자

바람 부는 대로 살리라

시인조합을 나서며 태양에게
주름진 손으로 거수경례
오늘도 별고 없는 거지요?
내가 쓰는 시는 일종의 워드작업이지만
내 시는 나름 영원할 거요
영원의 시한은 내 장례식까지

나는 지금 시인조합 건널목 신호등 앞에서
신호가 바뀌기를 한 시간째 기다리고 있소
평생 이러고 있을지도 모른다오
신호등이 바뀌면 길을 건널 것이고
그러면 또 한 단락의 생을 기념할 것이오

내 페이스북에 눌려진 좋아요 수는 총 10개
어떤 날은 아예 0일 때도 있다
그래서 뭐?
체감온도 16℃, 습도 48%, 구름 많음, 남서풍
바람 부는 대로 살리라
바람아 불어라

내 시의 혼

시 씁네 하면서
그게 뭐라고 그래도
이 말이 나는 못내 좋구나
어쩌다가 시라고 쓰면
잉크도 마르기 전에 얼른 누군가에게
들이대고 싶은 조급증은 달래지지 않는다
지나가는 로인에게, 참새에게, 꽃기린에게
빈 생수통에게, 택배 기사에게
좋네요 이런 말
겨우 받아내면서
시무룩해지는 순간
그 컴컴한 비탈길을 혼자 내려올 때
내 시의 혼이 이 근처라면
웃어줄 사람 있을런지
연락주세요

완벽한 봄날

나는 걸었다
모르는 사람과 함께 걸었다
누구냐고 그가 내게 말을 걸었다
당신은 누구냐고 나는 되물었다
그는 똑바로 앞을 보고 걸었고
혼잣말을 중얼거리기도 했으나
대체로 꾸준하게 공허의 길을 걸어나갔다
이대로 간다면 지구 끝까지 갈지도 모른다
화성까지 간다는 생각도 뻥은 아니다
나는 잘못 조립된 AI는 아닐까
그러면 좋겠다 그러면 좋을 것
그가 말했다
참 좋은 봄날이군요 완벽해요
그의 손에 제비꽃이 들려 있다

일요일 오전 열 시

냉장고 열어보니 아무것도 없다
계란도 채소도 두부도 등등
오늘은 굶어야겠군
찬물 한 컵
그것이면 되겠지
매일 먹는 일은 자존심 상한다
희석해서 생각하자
냉장고 문을 닫으며 한세계와 헤어진다
허기와 갈망과 분함과 적적함을
냉동실로 옮겨놓고 젊잖게 쌩까면서
다시 찬물 한 컵
이 대목이 중요하다
목구멍이 비었을 때 그 구멍으로 들어갔다
되돌아나오지 않는 것이 있다
일요일 오전 열 시의 딱 그 적막 같은
비슷한 말이지만 리듬을 위해 덧붙인다
겉표지 떨어져나간 문학개론서 같은

설명은 이제 그만

오늘은 성북도
그 수연산방에 가서
말라버린 우물바닥을 들여다볼 것이다
나만 그런가
인문학에 시달리는 당신도
아마 비슷할 거다
시 같은 건 쓰지도 읽지도 않는다는
두릅밭 고졸 농부가 부러운 날이다
그가 눌러쓴 밀짚모자 위에 반짝이던
갓 출하된 봄햇살이 싱싱해보였음
아무런 흥도 없이
커피물을 내리고 있다
시 잘 썼다는 말
그 뭣 같은 설명은 이제 그만
성북동 가면 톡을 보낼지도 모른다
수신은 당신 마음

빈 손으로 쓴 시

잔뜩 살고 돌아온 어제
마당가 오지에 피었던 모란은
내가 외출한 사이에 져버렸다
작별인사도 수습하지 않은 채로
조용히 아니 거두절미 사라졌어
사라지다의 원형동사
오늘은 잔뜩 흐렸고 모란이 돌아와
미처 못 남긴 말을 할지도 모른다는
기대를 하며 저작권이 소멸된
번역서에 밑줄을 긋는다
어두운 골목길을 돌아오는 나 1
편의점 출입구에서 비를 긋는 나 2
사회관계망서비스를 확인하는 나 3
시를 쓰고 싶지 않은 나 4
모란이 다시 오면 입 꾹 다물고
주고 싶은 빈 손
그 손으로 쓴 시다

강릉극장

마당가 감나무 가지에서
날아오르는 새
저 친구는 어디서 왔지?
종교적인 궁금증을 밀어내고 있는데
느리게 하반신 부근을 지나가는 봄날 저녁
낯선 장면들이 몸에 얼비친다
얼비치다를 찾아보고 다시 쓴다
고깃집으로 간판 바꿔단 채 태연하게
뭐 다 그런 거 아니냐는 표정으로
수십 년을 버티고 있는 옛날 강릉극장
소년이 벤허를 보던 극장 속으로
표를 끊고 다시 입장한다
한세월 지나간 뒤 누가
객석에 혼자 있는 나를 흔든다
손님, 영화 끝났습니다요

비구경

이제 시는 안 써요
쓸 만큼 썼거든요
그 짓도 한때지 뭘 자꾸 쓰겠어요
필경사는 아니거든요
시를 믿었던 때도 있었네요
시 대신 저녁 무렵 동네를 걷지요
생각일랑 걷어내고 몸만 걷지요
생각에 붙잡혀 오염되지 말아야겠지요
느닷없이 비 쏟아져 편의점 처마 밑에서
한세월 우두커니 비구경 했다는 얘기를
전하려다 말았다는 소식을 전했던가요?

뜨거운 악수

페이스북에 무심코 좋아요를 누르고
이내 후회했으나 그냥 멍하게 앉아 있다
아무도 나를 궁금해하지 않는다는 거
살아서 겪는 뜨거운 기적이므니다
산 자여 따르라를 외치며 이런 날은
100일째 파업 중인 노동자들의 뒷줄에 앉아
노동자 탄압하는 고용주는 물러가라 물러가라
노동자보다 더 큰소리로 외쳐주며
아예 벌떡 일어나 선창을 해주며
내 안에 무성한 허무주의를 달래주고 싶다
내 일은 아니지만 삭발하고 앞장서서
며칠 굶어줄 수도 있다
삶이 아르바이트가 아닌 당신만을 위해서
오체투지로 전국을 한 바퀴 돌 수도 있다
나 혼자 시간 밖 재택근무를 하며
이렇게 나와 둘이 남아서 어쩐다는
도리 없이 나는 낯선 내가 된다
자주 보네 그려
악수

아름다운 질문

시를 왜 쓰냐고 묻는구나
세상에 아름다운 시적 질문이네
우물쭈물 하면서 둘러댔으나
이젠 정확하게 대답한다네
그때 물었던 인류는 참하게 들어주시게
시는 심심해서 오직 심심풀이로 쓴다네
손가락이 굳을까봐 쓰기도 한다네
다른 이유는 믿지 않는다네
이해할 수 없다는 표정이구나
나는 잘 알고 있다네
이 국토에는 그대 같은 광신자가
겨울날 롱패딩처럼 널려 있다는 것을

세상은 바람 불고 덧없어라°

복권을 사지 그 돈으로
괜히 시집을 사고 후회하는
반품할 수 없는 심정 사이로 봄비
그대가 버린 골목길을 걷고 걸어서
늦저녁 내 흐린 마음결에 다다른다
누군가 보고 싶은데
그게 누군지 모르겠어
이래도 되는 거니? 된다
정말 되는 거니? 되고 말겠지

° 제목은 이제하의 것이고 다른 시에서 한번 쓴 적 있지만 충분하지 않아서 여기 다
시 썼다. 쓴 사람도 알고 있다는 것을 알아주길 바라면서.

단골 찻집

인사동 골목 어디어디
골목 끝집
이제 집이 없구나 하는 대목
어서오세요 하면서
숨어 있는 찻집

이집 찾는데 대략 60년 걸렸다
탁자는 네 개
주인은 내 또래
나보다 며칠 먼저 세상에 왔을 사람
고서적 같은 얼굴로 손님 맞는 주인과
이런저런 안부를 주고받는다
요새 강노인 왔다갔어?
안 왔어 삐쳤나봐
어느 샌가 서로 말을 깐다

그런 집
어디 없을까

당신을 공유하겠소

당신이 쓰다 버린 마음
내가 가져다 쓰겠소
기우고 때우고 붙이고 색칠해서
아쉬운대로 쓸 것이오
당신 허공에 띄워놓은 생각
내 책방에 걸어놓았소
코팅하고 액자에 넣어 벽에 걸었더니
자투리 마음도 제법 펄럭입디다
순식간에 다가온 여름의 손을 잡고
나는 사연 없이 쭈욱 늙어갈 것이오
무탈하길 바라오
무에서도 벗어나길 빌겠소
우리는 드디어 무를 공유할 것이오

속보

강릉아산병원 901병동에서
사천 해변을 바라보고 있는 중
국어 바라보다의 이 느낌은
손 닿지 않는 짧은 영원성이다
목련은 아픈 듯 바닥에 드러눕고
산대월리 산길에 열반경 행간 같은
벚꽃이 번진다

아침에 박정만 시선집 검색
1989년 나남출판사, 황동규 해설본
해지는 쪽으로 가고 싶다, 절판

여기는 지금 해뜨는 동쪽
봄이 진하고 선명하다는 나만의 선언을
폰 메모장에 적어둔다

죽기 좋은 날

아마 햇살 좋은 날이겠지
입 크게 벌린 목련 옆에서
늙은 벚나무 애써 꽃 내미는 날
안부 전할 친구도 없고
더 읽고 싶은 시도 없는 날
나는 죽어도 좋겠지
한 줄의 유언도 없이
몸 안에 감춘 숨 반납하면서
편하게 웃고 싶은 순간
아내가 동네마트 갔다가
현관 비밀번호 잘못 누르고
다시 누르는 사이
혼자 조용히 사라지고 싶다

새벽 두 시 뉴스

라디오를 켜고
국경선을 넘듯이 자정을 넘는다
같이 넘을 사람 없으니
단독으로 멀리 가보련다
저번 날은 멀리 갔다가
돌아오지 못하고 길에서 잠들었다
그런 날 다시 없기를!
그래도 다시 오기를 빈다
내 인생은 너의 것
어떤 이는 이 밤에 혼자 세상을 넘는다
동대문종합시장 앞에서
시동 걸어놓고 붕붕거리던 오토바이들
밤을 싣고 딴 지방으로 먼저 떠나고
네팔에서 온 노동자는 동대문 밤 허공을 쳐다보며
담배연기를 깊게 빨아들인다 살아 숨쉬는 봄밤
새벽 두 시
시간이 걸음새를 홀로 바꾸는 순간

시보다 시인의 슬픔에게

정년했다며 양주 한 병 들고
강세환이 내 앞에 나타났다

그는 한 편의 시보다 시인의 슬픔에게
시적인 인간에게 경배하는 버릇을
남 주지 못하고 자기 것으로 만드는데
생을 털어넣은 인간일 것이다

시의 길을 벗어나지 않아서 별 한 개
선배시인들의 시와 삶을 존경했기에 별 한 개
주목받을 사이 없이 늙었기에 별 한 개
주량은 줄었지만 세상사랑은 줄지 않았기에 별 한 개
술집에서 가짜스님에게 지폐를 보시한 행적에 별 한 개
등등을 합산하면 그의 총점은 단연 선두다

그에게 나는 가칭
제1회 강세환문학상을 수여하리라
상패는 주점 주이상스에 맡겨두었으니
어서 찾아가시게

화요일

화요일엔 비빔국수를 먹으리라
감나무 밑에 앉아 빗소리에 젖으며
시를 읽으리라
시는 되도록 어설픈 시가 좋다
노래는 한 곡만 부르고 사라진 가수의 것
꿈 속은 텅 비어도 좋다
문학노년이 자기 시를 주절대며 지나가는
어느 골목길 종로
나는 혼자 중얼대겠지
꿈에 본 그대가 그대이던가요?
비빔국수를 매콤하게 비비면서
오지 않는 전화 같은 나날을 살자

졸음

선사의 법문을 들으며 존다
이 졸음은 어디서 와서 어디로 가는가
깨우지 마라

지금 돌아가셨습니다

간호사: 할아버지가 돌아가실 것 같습니다.
병원으로 지금 빨리 와주세요. 아. 지금 돌아가셨습니다.
빨리 와 주세요.

5월 20일 비오는 밤 열 시 이십 분
아버지는 반듯하게 누워
94년 5개월을 혼자 마감했다
이마에 남아 있던 체온이 증발한다
급한 걸음 같은 빗소리 들림
몸에서 의료장비가 제거되고 남자는
처음 올 때의 몸만 걸치고 침묵한다

의사: 돌아가셨습니다.
간호사: 보호자는 나가주세요.
고인이 된 아버지는 엘리베이터를 타고
천천히 영안실로 내려가시다가
나를 돌아보시면서
야, 믹스 커피 한 잔 하고 싶다
그랬던 거 같다

참 열심히들 산다

싹쓸이
이 말 보고 쿡
웃음이 터져버렸다
리유는 생각해볼 일
일종의 전체주의에 대한 동경 아니면
내 속의 하급 양아치 세계관이 움직였을까
혼란스런 내 책상 위 같은 세상
저런 걸 한 방에 싹!
좀 대의적으로 생각하자
쓸어버리고 싶은 게 많고 많겠지만
력사는 지금이나 그때나 속임수다
전위 속의 후위가 자기 글쓰기의 위치라고
말한 사람은 롤랑 바르트
싹 쓸어버리고 싶어도 싹 쓸어지지 않고
젖은 머리카락처럼 현실에 찰싹 붙어서
너나없이 우리 참 열심히들 산다

이게 나의 시

가게세도 안 나온다면서
하던 일이니 손놓기 뭣해
붙들고 있다는 세탁소 앞을 지나갈 때
나는 시를 하나씩 잃어버렸을 것이다

입장권 매진된 미술관 앞에서
인연이 없다고 생각하며 돌아설 때
맥빠진 그 걸음을 나는
나의 시라고 생각하지 않을 거다

젊은 시인들의 시를 읽으며
늙은 시를 반성하지도 않을 것이다

개봉 첫날, 네 명이 앉아서 홍상수의
스물다섯 번째 영화 '소개'를 보았다
홍상수는 맛이 갔어 누군가는 말한다
나는 맛이 갈 때만 제맛이 난다고 쓴다

그리고 10초 뒤에 나는
앞의 문장을 지우면서
이게 나의 시라고 우긴다

왜들 이러실까?

올해 세 군데 문예지에 시를 실었다. (그런데 내지는 그러나) 한 곳은 원고와 달리 단련의 시를 모두 한 행씩 띄어놓았다. 또 다른 잡지는 1930년대 이상의 시처럼 띄어쓰기 없이 붙여놓았다. 내가 보낸 원문과 달리 자유롭게 편곡해 놓았던 것이다. 마지막 한 잡지는 시어 하나가 어렵다면서 독자의 이해를 위해 쉬운 말로 바꾸자고 나를 꼬드겼다. 거의 같은 수준의 아무개 계간지는 아예 원고료를 씹었다. 놀라워라! 토론은 상대를 보며 하는 것이다. 왜들 이러실까? 나는 잡지 측에 어필하지 않았다. 그게 뭐 어때서요? 더 좋아보이는구만. 이런 답변이 돌아오지 말라는 법이 없는 남조선 문단의 저 도저하고 허망한 역사적 전개를 상상하며.

근황 한 컷

별내에 가서 커피
좀 싱겁지만 괜찮은 겨울빛

전화를 걸려고 폰을 열었다가
그만둔다 그게 맞은 날이다
리마스터링된 비밥을 듣고 싶었던가?

천천히 제 온도를 식힌 커피
한 입이면 만족한다 어제는 부코스키
산문 몇 페이지 읽으면서 미지근하게 벅찼다
내가 감당할 수 없는 에너지를 바라본다
그거면 된다

철학이 쓸모없다는 것을 눈치 챈
철학자처럼 환하게 웃으면서
설탕 없는 커피를 들어올린다
불암산 바위벽에 눈보라 펑펑
허드레꿈으로 붐비는 1월 며칠이었음

다른 시

나는 말마다 다른 시를 쓴다
날마다 그러고 싶다
실제로 다른 시를 쓰고 있다
시집을 낼 때마다 다음엔
꼭 다른 시만 써야지
그렇게 결심하고 그렇게 써왔다
늘 스스로에게 공언해왔듯이
나의 시쓰기는 그런 실천이다
그러면서 나는 다른 시가 아니라
매번 똑같은 시를 써왔던 것이다
이 점을 지적하는 사람도 있다
그러나 나는 그러나 안다
나는 날마다 다른 시를 쓰고 있다
다른 시 정말 다른 시 쌍 다른 시

쓴다고 가정된 주체

이제 좀 그만 써야지
그런 작심을 하면서도
시작 했으니 끝은 봐야지 그러면서
집사람 모르게 가만히 쓰고 또 쓴다
마땅히 할 일이 없다는 사실도
내가 시를 쓰는 완강한 동력이다
아직 노벨상 수상작도 쓰지 못했으니
더 써야 할 이유는 부족하지 않다
이루어질 수 없는 사랑인 줄 알면서
나는 날마다 쓸 것이다
백지에다 어둠에다 하늘에다 물 위에다
쓸 것이다 나의 헛손질을 위해 쓸 것이고
내 그림자의 혼을 위해 쓸 것이다
장엄하구나
지나가는 당신에게 눈짓하거든 그것이
내 시 한 줄인가 여겨주시오

아무렇게나

60이 넘으면 죽는 줄 알았는데
지금까지 살고 있다
70이 넘으면 또 어떻게 되는가?
그때 소식을 전하겠다
어떻게 살아도 그날은 온다
잘 살자
어떻게?
아무렇게나
아무렇게나

말이야 바른 말이지만

독자가 없으니
내가 쓴 시
내가 읽고 치운다
이거 좀 우습지 않어?
그렇지 않다
자기가 쓴 시
자기가 수습하는 게
마땅하고 정당하다
화장실 뒷정리와
다르지 않다
길가는 사람 붙잡고 물어도
대답은 같을 거다
말이야 바른 말이지만
자네가 뱉아버린 시
누가 읽겠어?
나는 읽는다

박세현 씨는 낡았습니다

있잖아요
시인 박세현 씨는 낡았습니다
이제 시 그만 쓰라고 전해주세요
쓰는 일이야 그 사람 문제겠으나
그만큼 매달렸으면
할 만큼 한 거지요 딱하기도 하고
좋은 시는 다른 시인들이
엊저녁에 다 써먹었더라구요
자기는 늙어서 좋다더군요
저절로 정리되는 게 많다나요
열정이나 정력처럼 말이지요
외롭지 않냐고 물었더니 그 양반 참
외롭지 않으려고 외로울 틈이 없다나
그렇게까지 말하지는 않았으나

좋아요

초복이다 좋아요
기념으로 팥빙수를 먹고 싶다 좋아요 꾹
오늘보다 빛나는 운문은 없다 좋아요 꾹
전철 다리 밑에서 노인이 연주하는
아코디언 고음악 멜로디에
금방 핀 원추리 꽃대궁이
박자 없이 흔들거린다 좋아요 더블 클릭
하루가 가고 다른 하루가 호외처럼 왔다 좋아요 꾹
헤어진 사람이 다시 헤어지자고 말한다 좋아요 꾹
우리나라에 시인이 너무 많다 좋아요 꾹 꾹
초복날은 팥빙수를 먹고 싶다 추워요

갈 데까지 가보는 것

모자를 쓴 시

세상에 대한 예의라며
모자를 즐겨 썼던 시인이 살았었지
나도 모자를 써보지만
모자가 자꾸 덧나더군
대신 시에 모자를 씌워주었다

해걸음 골목길에 모자를 쓰고
지나가는 나의 시
멀찍이서 손을 흔들었지
이건 예의도 무엇도 아니다
제풀에 식다 만 사랑이라 해두자

내 탓은 아니다

칠월이 가고 팔월이 왔다
고온다습한 아침
당현천엔 키 큰 마타리가 이웃과 손잡고
이런저런 스텝으로 몸을 흔든다
올림픽 남자 축구는 지고 여자 배구는 이겼다
지든가 이기든가 그렇다
기쁘다가 서운하다가 그렇다
대통령 해먹고 싶은 후보가 아무말이나 지른다
저 말이 왜 비명처럼 들리는지
왜 수가 낮아보이는지 나는 모를 뿐이다
무섭게 쏟아지던 간밤 빗소리에 깨어나
풋낯으로 알던 시인의 새 시집을 읽었다
빗소리에 섞이니 시가 더 바짝 다가왔다
기분이 떠서 전화 걸려다 시계를 보니
새 벽 두시다

디카페인 같은

여자 사람이 말했다
남의 시 읽고 감동하는 문학사적 습관
좀 버리세요 아셨지요?
지가 쓴 시나 똑바로 감격합시다
떼로 몰려가지 맙시다
아무도 읽어주지 않는 시만
오롯한 시라고 입 아프게 떠들었잖아요
문학관이 바뀌셨나

내가 당신에게 커피 한 잔
무상으로 대접하는 까닭이 있다면
시를 쓰고 난 뒤 시에서 발라버린
진짜 시를 찾아 여기저기 쏘다니는
당신의 디카페인 같은 집착심을
외면하지 못하는 버릇 때문이지요

300번 시내버스

300번 시내버스 타고 주문진 가신다
가다가 내려도 상관없지만
오늘은 종점까지 가 볼 작정이다
길가에 나앉은 구름도 보고
항구냄새도 질펀하게 맡고 와야겠다
기다리는 사람이 없다는 것도
딴은 외로운 기쁨이다

손님은 나 말고 할머니 서너 분
고등학생 여러 명이 다정한 표정으로
욕지거리를 주고받는 중이다
씨발 존나 좋아
좋두 아닌 내가 속으로 따라 해보니
귓구멍이 투명해졌다고나 할까

비 갠 금년 초가을 첫 주
하늘은 박장대소
꿈 없이도 300번 시내버스를 타고
혼자 손잡고 떠나볼 일이다
차비는 선불

갈 데까지 가보는 것

내 트위터에서 상세 정보를
찾아 읽고 간 사람
너무 소략해서 미안하다
기껏 빗소리듣기모임 준회원일 뿐
더 드러낼 정보의 상세가 없다
몇 날의 기쁨과 몇 날의 흐림, 바람, 구름
몇 조각의 쓸쓸함이 전부였던 것
뒤뜰에서 자라던 엉성한 꿈도
제 힘으로 말라버렸으니
나는 이제 아무것도 꿈꾸지 않는다
아무도 그리워하지 않는다
갈 데까지 가보는 것
그것뿐이다

리스본의 가을

내가 살아있다는 풍문이 들려온다
순전한 와전이다
나는 말이야 오래 전에 당신들을 떠났거든
갖가지 쓸쓸함이 떼로 몰려오는 가을날
햇살이 푸지고 마음도 부서서 말이야
리스본에 가서 전차를 타고 싶어졌다
페소아가 갔다는 카페에 앉아
멍 때리고 앉아 있으면 리스본의 체온이
내 몸으로 들어오기도 하겠지
페소아가 출판되지 못한 원고를 끼고
들어올지도 모르잖아 사람 일은 모르는 법
아직도 한글로 시를 쓰고 있는 내 친구와
한국정치와 죽은 예술에 관해서는
대충 귓속말을 나누면서
서로 살아있음을 토닥거려주기를 바란다

무슨 뜻이 있을 리는 없고

오늘 아침
2021년 8월 13일의 금요일
사과 두 쪽, 찬물 한 컵, 커피 반 잔이
식탁에서 모종의 질서를 만들고 있다
나는 누구의 선배로 산 적이 없고
누구의 스승으로 산 적도 없다
이게 잘 산 거냐?
그러던 아침 오늘 같은 날
망원동에서 강원도로 날아온
남조선 시인의 문자를 읽는다
그도 식전에 냉커피를 마신다고 했다
아이스 커피가 아니라 냉커피
시쓰는 인간이 누구에게 해 줄 말은 없다
두 가지만 적어둔다
어제 저녁 노을이 꽤나 붉었다는 것
청량리발 강릉행 ktx가 나의 생보다
60초 연착할 때가 있음을 이 자리에서
얌전하게 발설한다
무슨 뜻이 있을 리는 없고

산문적인 아침

시 한 줄 읽지 않고 사는 날이
하루 이틀 늘어간다
이래도 괜찮은 거냐
내 속을 살고 있는 남 같은 내가
느린 속도로 응답한다
시를 읽지 않는 하루가 그대의 시다
시를 쓰지 않은 밤이 참된 시다
읽은 것이라고는 고지서와 계약서
영수증이 전부였던 사람들
아버지, 어머니, 삼촌, 고모, 이모, 사촌들
그들 대신 쓴다고 시건방진 착각 말자
그들은 그들의 시를 진하게 살았다
마음 내려놓고 생각하는 산문적인 아침
이런 날은 막 휘뚜루마뚜루 살아보자

볼일도 없이

볼일도 없이
강릉역 쪽으로 걸어갔다
용강동 시장 지나 강릉천주교회 앞길
중앙동주민센터 앞을 끄덕끄덕 지나가는데
매미가 숨넘어가는 목으로 운다
나를 아는 매민가 보다

볼일도 없이 시시한 약속도 없이
집 나와서 대책 없이 흘러가는 길
내 속에서 징징대던 시 햇빛에 녹아버리고
잠잠해진 뒤 끝에 마음이 바닥을 드러낸다
짧은 문장으로 그 자리를 덮으며
걸음의 속도를 조금 올린다
더 나가면 마음이 터질지도 모른다

저 파도소리

시를 쓴다
이것은 하나의 의식일 뿐
화면 위에 글자가 떠오르고 글자들은
수인사 없이 서로를 껴안는다
화면 속의 문장을 바라보며
다음에 왕림할 문장을 기다린다
이 기다림엔 끝이 없을 것
어떤 말은 지평선 너머에서
어떤 말은 동네 뒷골목에서 걸어온다
어제의 말이 밀려오고
내일의 말도 밀려온다
어마어마하구나 저 파도소리

그가 나요

버스에서 내려 가벼운 언덕길을 걸어
터벅터벅 내 집 대문을 들어서는 손님은
한 끼 혼밥이 담긴 비닐봉투를 든 사람
현관문을 열고 익숙하지만 어색하게
거실 소파에 주저앉는 사람
방금 자신이 걸어온 거리를
별 표정 없이 돌아보는 사람
날마다 봤으면서도 영 낯선 사람
이제 길을 잃어버린 저 사람
그가 만난 공백을 아는 체
설명하지 마시라
그가 나요

시의 심부름

가을엔 조용한 마을에 남아서
외로운 시의 심부름을 하면서 살자
날품이든 뭐든
시가 부르면 얼른 가봐야지
장독대 위에 쌓이는 햇살
장독대는 없다
양철지붕에 햇살이 알몸으로 뒹군다
양철지붕도 없구나
어린 날의 산바람과 개복숭아나무와 털강아지와 앞집 재순이와
아직 철모르는 권태와 상이군인 아저씨와 개울 건너 시내에서 이
사 온 명자와 내 어머니를 도화지 한 장에 그려놓고 한 손엔 아직
덜 쓴 시 다른 손으로는 지나가는 허공을 휘젓는다

출출할 때는 시를 쓴다
군것질 같은 시
마지막 두 줄은
내 손가락에게 준다

서촌을 헤매자

가을 늦으면 한번
서촌에 가 볼 생각이다
달력에 동그라미
오래 전 재즈를 듣던 카페 구석에
마스크 벗겨내고 맨얼굴로 앉아 있을 거다
베이스 연주자가 연주 사이사이
담배를 빨아대던 설정이 떠오른다
바깥은 나뭇잎 적시며 비가 내렸다
첫눈이 내렸을지도 모른다
서촌에 가면 이리저리 익숙하게 방황하자
길을 잃은 사람처럼 아예 길이
없는 사람처럼 연기하다 돌아오자
누구에게 같이 헤매자고 전화
걸지도 모른다 번호가 없군 다행이야
동촌에서 서촌까지 돌아다니다가
가을을 훌훌 털고 들어오시자

내 생각이 코고는 소리

내일은 어떤 생각이 내 집을 찾아올지도 모른다 오래 전 내 곁을 떠나갔던 생각도 반갑고 내가 모른 척 했던 생각도 반갑고 뜻이 맞지 않던 생각도 새삼스러울 거다 나는 밥 먹던 숟가락을 내려 놓고 나가볼 것이다 인사할 것이다 거친 손을 잡고 들어올 것이다 오랜만이라고 과장하며 환대할 것이다 내 방으로 데리고 와서 커피를 끓여줄 것이다 먼 길 오느라 쌓인 여독을 풀어놓으라고 침대에 눕히고 전등을 끄고 방을 나올 것이다 내 생각이 코고는 소리 혼자 듣게 될 것이다

싱싱한 밤들

쉬엄쉬엄 쓰자
쓰다가 막히면 지우고 다시 쓰자
전화 오면 전화 받고
택배 오면 택배 받아들이고 쓰자
단풍 들면 단풍 곁에서
비오면 우산 받고 쓰자
아무도 생각나지 않는 밤도 있고
친구가 나타나서 처음 뵙겠습니다
손 내밀며 악수를 청하는 꿈도 있다
나를 아버님이라 호명하던 은행 창구 여직원이
꿈속에 들어와서 내 시를 낭독하는 밤도 있다
조용조용히 쓰자
아무도 모르게 뒷방에서 쓰자
시가 없다고 상상하면 그 싱싱한 밤들은
다 어떻게 할 것이냐 이런 마음
내가 모르면 누가 알겠냐고 쓰고 수정하지 않는다